光文社文庫

長編推理小説

「ななつ星」一〇〇五番目の乗客

西村京太郎

KOBUNSHA

光　文　社

目次

第一章　危険への出発

1

賀谷大三郎《がやだいざぶろう》は現在、母親と二人で、東京都内のマンションで、暮らしているが、生まれは、母親の故郷、九州の鹿児島である。

それもあって、大三郎は、密かに、自分は薩摩隼人《さつまはやと》の子孫、いや、薩摩隼人そのものだと、思っている。薩摩示現流《じげんりゅう》の道場に通っていて、現在、三段の免許を受けている。

しかし、生まれてすぐ東京に、移ったため、大三郎自身には、鹿児島の記憶はほとんどない。だから、いくら鹿児島が生まれ故郷だといっても、鹿児島に、何年も帰らなくても、別に、これといった苦痛は、感じなかった。

ただ、今年で六十三歳になる母親、松枝《まつえ》のほうはといえば、三年前に、還暦を迎えた辺りから、故郷の鹿児島に、帰りたがっているらしいことを、大三郎は、うすうす、感じていた。

これまで、苦労をかけてきた母親には、出来れば贅沢《ぜいたく》な形で故郷の鹿児島、あるいは、九州へ帰郷させてやりたいと思っていた。簡単にいえば、故郷に錦の形である。

そんな時、たまたま、読んでいた新聞に、

「これからの日本の鉄道は、どうあるべきか？」

というテーマの懸賞論文の募集が載っていたのを見つけて、大三郎は、何気なく応募した。

といっても当選することなど、全く、考えてもいなかったが、どこが良かったのか、大三郎の論文が優秀賞に、選ばれて、賞金の百万円を手にすることができた。

そこで、大三郎は、その百万円を使って、母の松枝に、贅沢な、帰郷をさせてやろうと思いついたのである。

その時に、大三郎の頭に、浮かんだのが、ＪＲ九州が始めた「ななつ星」という豪華列車を使っての旅である。その百万円で「ななつ星」の旅行を予約し、母と二人で鹿児島に帰郷しよう。大三郎は、そう、考えたのだ。

彼はすぐ、いちばん長い四泊五日のコースを申し込むために、自宅近くの旅行代理店に、行った。

ところが、窓口で応対してくれた担当者に「ななつ星」の旅行を、予約したいというと、今回の申し込み分については、すでにどのクラスも、満員になっていると、あっさりと断られてしまった。

ビックリした大三郎は、その担当者に向かって、

「私の母は、身体があまり丈夫ではなく、病気がちなので、動けるうちに、何とか『ななつ星』に乗せて、鹿児島に旅行させてやりたいのです。何とかなりませんか？」

と、いってみたが、

「申し訳ありませんが、今いちばん人気のある旅行なので、皆さん、かなり前から、予約をしているんですよ。すでにどのコースも売り切れで、申し訳ありませんが、次回まで、お待ちいただくことになります」

と、あっさり、いわれてしまった。

「それでは、いったい、どうすればいいんですか？」

「今は、キャンセル待ちをしていただくよりほかに、方法はありませんね。キャンセルが、出ましたら、ご連絡しますから、お名前と、電話番号を、教えて下さい」

しかし、大三郎が、どのくらい、キャンセル待ちをしている人がいるのかときいてみる

と……。せいぜい、一ケタの数字だろうと思ったのだが、それが、想像を、はるかに超える、あまりにも大きな数字だったので、大三郎は、呆然としてしまった。

「ななつ星」は、それほど、すごい人気だったのである。

2

大三郎は、深い失望感に、襲われた。「ななつ星」という豪華な列車で、郷里の鹿児島に、帰ろうとすすめたのは大三郎だが、母の松枝も、乗り気になっていたのである。

しかし、三ケタのキャンセル待ちでは、とても実現できそうにない。

もちろん、大三郎が、応募した懸賞論文が思いがけなく入選して、百万円もの賞金が、手に入ったのだから、行こうと思えば、別の方法で故郷の鹿児島に帰ることはできるのだが、ただ単に、飛行機で鹿児島に帰っても、面白くない。錦を飾ることにならない。

出来ることなら、やはり、母が希望している「ななつ星」に乗せてやりたい。

大三郎は、そう考えるのだが、キャンセル待ちをしている人間の数が、あれほど、多くては、どうやら「ななつ星」には、乗れそうもない。

ところが、駄目だと思うと、不思議なもので、何とかして「ななつ星」に乗りたい気持ちが、強くなってくるのである。せっかく、乗れるだけの資金が出来たのにと思うと、なぜか、腹が立ってくる。現在、大三郎は、定職に、就《つ》いていない。今まで、スムーズな生活だったとは、いえない。三十歳になっても、結婚できるあてもない。それが、突然、百万円の賞金を手に入れ、ひょっとすると、これから、運がついてくるのではないか。少しは、ましな生活が出来るようになるのではないかと期待したのに、たちまち、期待は水の泡となった。そのことに、無性に腹が立つのである。

その日、まっすぐ家に帰る気にはなれず、浅草《あさくさ》の行きつけの居酒屋で呑《の》んで、深夜に帰宅すると、母の姿が消えていた。

あわててマンションの管理人にきくと、夕方、救急車が来て、運ばれていったという。

(ますます、ついてないいな)

と、思いながら、大三郎は、タクシーを呼び、母が運ばれた病院に向かった。

母が、意外に元気なので、大三郎は、ほっとしたが、症状をきくと、中年の医者は、

「お話ししておきたいことがあります」

と、いう。

大三郎は、ドキッとして、

「入院ですか？」

「いや、二、三日で退院されて構いませんよ」

「しかし、何か話があると――」

「実は、肺に腫瘍《しゆよう》が出来ています」

「がんじゃないんですか？」

「初期のがんといってもいいでしょう。とりあえず、手術はせずに、放射線治療を、おすすめします。ただ、時間がかかるので、一カ月ほど入院するか、通院して下さい。すぐには、進行しませんから、今から一週間ぐらいの間に、どちらにするか、決めていただきたいと思うのです」

「本当に、緊急じゃないんですか？」

「今もいったように、松枝さんの場合は、進行はおそいので、一週間あとから、治療をはじめても、大丈夫です」

「――」

大三郎は、黙って考えていたが、

「それでは、一週間、こちらに入院させていただけませんか。そのあとで、決めたいので」

「それでも、構いませんよ」

と、医者は、いった。

3

大三郎は、医者と話をしているうちに、決めたのだ。

医者は、手術をせずに放射線治療で大丈夫だという。ただし、手術と違って、時間はかかる。一カ月はかかるらしい。

大三郎は、自分に、ツキがないと思っているせいで、医者をあまり信用していなかった。毎日、二、三分放射線を当てていけば、一カ月で腫瘍は消えるという。だが、本当に、消えるかどうかわからない。

それなら、一カ月の治療の前に、母親を、何とかして「ななつ星」に乗せて、故郷の鹿児島に連れて行きたい。

そこで、大三郎は、ハンドルネームを使って、次のような広告をパソコンの掲示板に載せることにした。

「私は作家です。出版社から『ななつ星』を舞台にした作品の注文を受けましたが、切符が買えなくて困っています。そこで、お願いです。四月上旬に、『ななつ星』に乗ることが決まっている方に、私と契約して貰いたいのです。乗ったあと、写真やビデオテープを、一時的に、私に貸して欲しいのです。私はそれを使って、作品を書きあげます。お礼として、五十万円と、必要経費を払い、印税の半分を差しあげます」


反応は、すぐあった。

東京に住む男からで、四月九日から、四泊五日のコースで、妻と一緒に「ななつ星」に乗ることになっているというのである。

大三郎は、その証明になるものを見せて欲しい。確認できたら、契約したいと、告げた。

四月七日に夫婦が自宅に、訪ねてくるというので、大三郎は大車輪で、部屋の模様替えをした。

まず、作家の家らしい雰囲気を作っておかなければならない。幸い、懸賞論文を書いた時に使ったパソコンがあるので、それを、机の上に置き、二行ほどの文章を打っておくことにした。

懸賞論文の賞金から、五十万円を銀行から引き出して、それを袋に入れて、パソコンの横においた。

近所の本屋へ行き、「ななつ星」の記事が載っている鉄道雑誌を買ってきて、もっともらしく、机の上に広げた。

次は、コーヒーである。

夫婦で来るというので、三人分のコーヒーカップと、インスタントコーヒー、そして、睡眠薬を用意した。

午後七時に、相手は、夫婦でやってきた。

男の名前は、柴田宏行《しばたひろゆき》。妻は加代《かよ》といい、名刺をくれた。平凡な感じの夫婦だった。

大三郎は、机の上のパソコンの画面を二人に見せながら、

「雑誌の写真を見ながら、書き出してみたんですが、だめですね。『ななつ星』のような豪華列車ほど、実際に乗らないと書けません。ですから、お二人が頼りなんですよ。しっかり、記録して来て下さい」

と、いった。

「契約して、お金もいただくんですから、家内としっかり見て、写真を撮ってきますよ」

と、柴田は、笑顔で、いう。

「出版社に、『ななつ星』のどこを書くか、だいたいのストーリーも話す必要があるので、お聞きするんですが、四泊五日のコースでしたね？」

「そうです」

「もう契約をすませていますね？」

「ええ」

「それで、どんな切符ですか？」

「切符はありません。乗車が決まると、これが、送られてきます」

柴田は、自慢げに、袋に入ったものを、大三郎に見せた。

袋に入っているのは、乗車案内、旅のしおり、スーツケースの無料宅配サービスの伝票、
そして、ハガキ大の記念乗車証で、そこには、二〇××年四月九日の数字が入っていた。

柴田も、彼の妻の加代も、はしゃいでいて、多弁だった。

「私たちのように、東京から行く者は、羽田《はねだ》に泊まってからA航空で、福岡まで行くことになっています。向こうではA航空のホテルに泊まり、翌朝、博多《はかた》駅ビル三階の『金星《きんせい》』という専用ラウンジに、乗客が集まり、同行する乗務員と紹介し合ってから、ホームに停車している『ななつ星』に乗ることになっています」

「契約したお客が、もし、病気などになって行けなくなった時は、どうするんですか？」

「その場合、一人だけ、交代が出来るといわれました。二人はだめだそうで、一万円の手数料が必要です」

と、柴田が、いう。

大三郎は、少しずつ、上手《うま》くいきそうな気がしてきた。

柴田は、夫婦で申し込んでいる。それが、親子になったら怪しまれるかも知れないが、妻を、母親に変更すれば、怪しまれる恐れは、小さくなるだろう。

「うらやましいな」

と、大三郎は、いいながら、柴田夫婦に睡眠薬入りのコーヒーをすすめた。

「奥さんが、一番、楽しみにしているのは、どんなところですか？」

大三郎は、柴田の妻の加代に、きいた。

「去年の暮れに、久しぶりに、主人が着物を買ってくれたんですよ。ところが、着て行く所がないんです。口惜しい思いをしていたんですけど、『ななつ星』では、車内でのお茶の時でも、食事の時でも、着て行けますから、それが、楽しみなんです」

「男のドレスコードは背広だそうですから、私は、楽しみよりも、緊張していますよ」

と、柴田は、笑っている。

「失礼ですが、柴田さんは、おいくつですか？」

と、大三郎は、きいた。

「私は、三十二歳。家内は二つ年下の三十歳です」

「じゃあ、私と二歳しか違わないんだ」

それにも、大三郎は安心した。

年齢もだが、背格好も、顔立ちも、似ている。二人とも、平凡で、イケメンではない。

つまり、目立たないということである。

「お友だちは、うらやましがっているんじゃありませんか？」

と、大三郎が、きいた。

「いや、友だちには、話していません」

「どうしてですか？」

「私たちも、まだ、乗っていないからですよ。車内が豪華だと聞いていますが、まだ実感がありません。その代わり、帰ってきたら、大声で自慢してやりますよ」

「私も――」

夫婦の声がだんだん、かすれてくる。必死で眼を大きく見開こうとするのだが、逆にふさがってくる。

「大丈夫ですか？」

と、大三郎が、声をかける。

「声がおかしい。どうし――」

柴田の身体が、ずるずると、崩れていく。妻の加代は、すでに、机にうつぶせになって、眠っている。

二人とも、すでに、ぐっすり眠ってしまっている。

大三郎は、念のために、二人の肩に手をやって、軽く揺さぶってみた。

反応がない。

大三郎は、周囲の気配をうかがいながら、正体のなくなった夫婦の身体を、一人ずつ、かついで駐車場のところまで、運んでいった。

今日のために大急ぎで買っておいた中古の軽自動車のトランクをあけ、夫婦の身体を押し込んでから、運転席に腰を下ろして、スタートさせた。

すでに、十時を過ぎている。

大三郎は、西に向かって、走る。

目的地は、青梅《おうめ》の先の林だった。

町外れの山の中に、入っていく。普通なら武蔵野《むさしの》の面影を楽しむところだが、大三郎は車で、行けるところまで進み、そのあとは、まず、柴田を車から引きずり出し手錠を使って、太い木の幹に拘束した。

次に、妻の加代を、また、林の奥まで運んでいく。

いくら叫んでも、柴田の声が聞こえない遠さまできたら、加代も、同じように、手錠を使って、縛りつけた。

最後に、用意してきた毛布で、二人の身体をくるみ、紙片を足もとに置いた。


「私を見つけようとして動き廻ったりしたら、君の奥さんが死体になることを覚悟せよ。これは脅しではない」

これは、柴田の足もとに置いた手紙で、

「私を見つけようとしたら、君のご主人が死体になると覚悟せよ」

こちらは妻の加代に対する警告文だった。

大三郎は、都心に戻り、母が入院している病院に行った。

すでに深夜だったが、母を診断した医者に会い、

「これから、母を連れて帰ります。しばらく、じっくりと話し合って、入院するか、通院するか決めたいと思うのです」

「わかりました。決まったら、すぐこちらへ連絡して下さい」

医者は、全く大三郎を疑っていない様子だった。

大三郎は、母を車に乗せて、羽田空港に急いだ。

「明日、飛行機で、福岡へ行くよ」

「福岡って、『ななつ星』のことなら、切符が手に入らないんだろう?」

母は、眉を寄せた。

「それが、運よくキャンセル待ちで入手できたんだよ。急だが、明後日、博多駅から、『ななつ星』に乗るんだ」

「でも、よく、切符が手に入ったね」

「そうだよ。おれたちも、そろそろ運が廻ってきたっていいじゃないか。これからよくなるよ。おれだって、大会社の正社員になれると思うし、母さんの病気だって、治るよ」

「それなら、あたしのことより、お前に、一刻も早くかわいい嫁さんがくるといいと思ってるよ」

と、母がいう。

「それだって、何とかなるさ。ここに来て、運が向いてきてるんだから」

大三郎は、まっすぐ、羽田空港のA航空のホテルに向かった。

フロントで、柴田の名前を告げると、すぐ、

「お待ちしておりました」

と、部屋に案内された。

部屋に落ち着いてから、大三郎は、ルームサービスで、夜食を注文した。母の好きな江戸前寿司二人前と、果物、そして、ワインを頼んだ。

「さっき、柴田さんとかいう名前を、いったけど――」

と、母が、きく。

「柴田というカップルが明日からの旅行をキャンセルしたんだ。おれが、その切符を何とか、手に入れたんだよ」

大三郎は、「ななつ星」の乗車案内や乗車カードなどを、母親に見せ、安心させた。

「切符といったけど、『ななつ星』には、切符はなくて、それに代わるのは、そのカードなんだ」

「柴田さんは、どうして、旅行をキャンセルしたの？」

「奥さんが、病気で行かれなくなったんだそうだ。旅行はまだ、柴田さんの名前になっているから、向こうの職員は、おれたちを柴田さんと呼ぶかも知れない。その点は、母さんもがまんしてくれ」

「そのくらいのことは、ぜんぜん平気だよ。ただ、お前も結婚していれば、奥さんと一緒に『ななつ星』に乗れたのにねえ。母さんで申し訳ないね」

「今度の旅行は、母さんのためなんだよ。それに、母さんの名前だけは、もう登録したんだから、堂々と、乗ってくれればいいんだ」

大三郎が、説明している間に、ルームサービスが寿司やワイン、果物を運んできた。

「母さんが、今、ワインを呑んでいいか、医者にきくのを忘れてしまった」

「少しなら、構わないらしいよ」

「それじゃ、グラスに一杯。それで乾杯しよう」

大三郎は、二人のグラスに、ワインを注ぐ。

「かんぱい！」

と、勝手にいって、一息に呑んだあと、柴田夫妻のことが気になって、テレビのスイッチを入れた。

午前一時のニュース。

だが、柴田夫婦の報道はない。

（しばらくは、大丈夫だろう）

と、大三郎は、自分にいい聞かせてから、にぎり寿司に手を伸ばした。

母も、ぼそぼそと、食べ始めた。

「お前に買って貰った着物だけど、まだ、マンションにあるんだろう？」

「そうか、忘れてた」

と、大三郎は、舌打ちをしてから、

「母さんは先に寝ててくれ。おれは、着物を取りに行ってくる」

「時間が、あるのかい？」

「十分あるさ」

大三郎は、洗面所で、何度も、うがいを繰り返してから、部屋を出た。

車に乗ると、ヒーターを切り、窓を大きくあけてから、走り出した。多少、寒い。が、アルコールの匂いを消そうとすれば、他にやり方がわからない。

がまんして、スピードをあげずに、何とかマンションに着いた。

自分の部屋に入る。

あんな事件を起こした部屋である。二度と戻らないつもりで、現金や、貯金通帳などは、車に載せたが、母の着物は、うっかり忘れてしまったのだ。

着物や草履《ぞうり》などを、風呂敷に包んでから、改めて2Kの部屋の中を見廻した。

もともと、あまり物のない部屋である。一番大事にしていたパソコンは、車に運んである。TVはあるが、古いもので、こちらが金を出さなければ、引き取って貰えないような代物である。

椅子から立ち上がろうとした時、ふいに、大三郎の指先に何か細い棒のようなものが触れた。

あわてて、テーブルの下を、のぞき込んだ。

小さな丸い黒いものが、貼りついているのを発見した。その平べったいものから、細いアンテナが突き出ている。さっき、それが、指先に触れたのだ。

手を伸ばして引きはがし、テーブルの上に置いた。電機関係のことに詳しくない大三郎にも、それが、小さな隠しマイクだろうとわかった。この部屋の音や会話を、どこかに、発信しているのだ。

（しかし、こんなものが、どうして？）

と、大三郎は、首をかしげてしまった。

大三郎は、資産家ではない。貧乏人だ。有名人でもない。

古いマンションの、月六万円の狭い部屋に、母親と暮らして、もう三年になる。その母親は、近くのコンビニで働くぐらいである。

（おれたちみたいな貧乏人の母子を、調べたって仕方がないだろう）

と、思う。

（それに、この隠しマイクは、いつ頃からテーブルの裏に取りつけられていたのだろうか？）

それもわからない。

テーブルも、椅子も、三年前に、引っ越してきた時、リサイクルショップで買った代物である。それから、今まで、テーブルの裏側を調べたことはないから、隠しマイクが、いつからついているのかわからない。

大三郎は、椅子を振りあげて、テーブルの上に置いた隠しマイクを、叩きこわした。そのあと、こわれた隠しマイクを、ポケットに投げ込み、着物を包んだ風呂敷を持って、部屋を出た。

車に乗りこみ、羽田に向かった。

ホテルに入ると、母は、まだ眠っていなかった。

大三郎は、残りのワインを呑みながら、

「おれが、出かけてる間に、あのマンションで何かなかった?」

と、ベッドの母にきいてみた。

「何のこと?」

と、母が、ベッドに起き上がって、きき返す。

「あのマンションで、何か事件が起きたとか、おれたちの部屋から、追い出されそうになったとかだけど」

「あのマンションの持主が建て直すので、五年以内に引っ越してくれといってきてるよ。早く決めてくれたら引っ越し費用を払うといってる」

「その話は、おれもきいてる。他のことでだよ。何か事件が起きてないか？」

「あたしは、自分の部屋しかわからないんだけど」

「それでいいんだ。変なやつがやってきて、いきなり、引っ越せといったりしたことはないか？」

「どうして？」

「いいから、そんなことがなかったかどうか、知りたいんだ」

「覚えがないよ。新聞屋が来て、一年間とってくれといって、なかなか帰らなくて、困ったことがあったけど」

「そういう日常あることじゃなくてさ」

「何かあったかねえ」

と、母は考えてから、

「これは、気のせいかもしれないんだけど――」

「いいから、話してくれ」

「去年の十月頃だった。お前が出かけていた午後四時頃、近くのスーパーに買い物に行ってた。そうしてたら、何か、変な気がしてきたのよ。買い物から帰ると、あの部屋の様子が違って見えたり、カーテンを開けてあったのに、帰ってきたら、閉まっていたりとか。あたしの思い違いかも知れないから、誰にも、いわなかったんだけど、だんだん怖くなってきたから、入口のドアの鍵を、鍵屋さんに頼んで、つけ替えてしまったんだよ」

「母さんがいうので、鍵を取り替えたのは覚えているけど、どんな事情があったのか、話してくれなかったじゃないか」

「あたしの気のせいかも知れなかったからね」

と、母は、いった。

「母さんが、あの部屋に隠しマイクを取りつけたことは、なかった？」

「あたしが、どうして、そんなものを、部屋に取りつけるんだい？」

「去年の十月頃、誰かが、部屋に忍びこんでいると思って、怖かったんだろう？　それを調べようと思って、部屋に隠しマイクを取りつけたんじゃないかと思ったんだよ」

「そんなこと、しないよ。だから、鍵を替えたんだから」

と、母は、いう。

そのうちに、母は、起き出して、大三郎と、向かい合って、テーブルに腰を下ろした。

「すっかり、眼がさめちまった」

「じゃあ、一緒に、ワインを呑もう」

と、大三郎が応じて、母のグラスに、ワインを注いだ。

大三郎は、こわれた隠しマイクを、テーブルの上に置いた。

「着物は、風呂敷に包んで、向こうに置いてある。部屋のテーブルの下に、これが、取りつけてあったんだ」

「何なの？　これ」

「隠しマイクだよ」

「じゃあ、誰かが、あの部屋に忍び込んで、取りつけたんだね」

「多分ね」

「じゃあ、きっと、去年の十月頃だよ。あの時、やっぱり、あたしの留守の間に、こんな気味の悪いものを、取りつけたんだよ」

「多分、そうだろう」

「でも、あれから半年もたっているから、電池も切れて、この隠しマイクは、役に立たなくなっているんじゃないの」

「いや。マイクは、正常に働いていた」

「半年も、たつのに？」

「だから、あの部屋に、誰かが、何度も、忍び込んで、電池を取り替えているんだよ。他に考えようがない」

「でも、誰が、そんなことをしてるの？　あたしたちのことを調べたって、仕方がないでしょうに」

と、母は、口をとがらせた。

「おれは、調べられて困るようなことは、何もない」

「あたしだって、同じだよ」

と、母が、いう。

確かに、眼の前にいる六十三歳の母は、平凡を絵に描いたような女だ。もちろん、一人息子の大三郎にとっては、世界にたった一人の大事な母親である。しかし、社会全体から見れば、どこにでもいる、六十三歳の女であるに過ぎない。

「父さんの関係は、どうだったんだろう？」

と、ふと、大三郎がいった。

「あの人は、十年前に、交通事故で亡くなった。いい人だったけど、お金にも、地位にも、縁がなかった」

と、母が、いう。

父の名前は、太市《たいち》。十年前、大三郎が、二十代の時、突然、死んでしまった。

大三郎という名前は、父がつけた。長男なのに、なぜか、父は、大三郎という字形が好きで、強引につけたといっていた。

そのため、大三郎は、いく度か、名前について聞かれている。いきなり、したり顔で、「三男ですね?」といわれ、「長男です」というと、必ず相手は、がっかりしたり、「なんだ、まぎらわしい名前をつけるな」と、怒ってしまうのである。

ここで、大三郎は、壁にぶつかり、次第に、面倒くさくなって、

「明日、早いから、もう眠った方がいい」

と、母に、いった。

4

四月八日。

大三郎と、母の松枝は、指定されたA航空の便で、福岡に向かった。

まだ、青梅のふたりが見つかったという報道はない。

福岡に着くと、JR博多駅近くのA航空ホテルにチェックインした。

そして、いよいよ、四月九日になる。

あらかじめ、指定された時刻に、博多駅ビルの三階に向かった。

三階に「ななつ星」の専用ラウンジがある。名称は「金星」。

かわいらしい門をくぐって、中に入ると、今日「ななつ星」に乗る乗客たちが集まり、コーヒーやお茶を飲んでいる。

同じラウンジでは、今日「ななつ星」で、乗客の世話をする若い男女（クルーと呼ばれている）が、「ななつ星」のマークの入った、黒っぽい服で、今日からの旅行の打ち合わせをしている。

ラウンジには、「ななつ星」の1号車「ラウンジカー」に積まれているのと同じピアノがあり、集まった乗客のために、ピアニストが音楽を弾き始めた。そのうちに、ヴァイオリンを持ったイケメンが現れ、ピアノに合わせて、弾き始めた。

大三郎は母と一緒に、柴田の名前で、受け付けで、チェックを受けた。

「家内が、急病になって、参加できなくなったので、母が代わって行くことになりました」

と、大三郎がいうと、受け付けの女性が、

「その件は、すでに登録をすませております」

と、いう。

二人は、テーブルの一つに腰を下ろし、クルーの若い女性が、お茶と、有名な和菓子を運んできた。

柴田夫婦が、そのまま、「ななつ星」に乗っているとすれば、四泊五日の旅行に、ひとり当たり、約五十万円を、支払った筈である。

時間が来て、「ななつ星」の生みの親の、JR九州の社長が、あいさつし、乗客の一人の音頭で、乾杯が行われ、いよいよ、出発ということになった。

博多駅の6番線ホームから、「ななつ星」は出発する。

それを祝して、改札口の外では、長崎名物の「蛇踊《じゃおど》り」が行われていた。乗客の中には、「蛇踊り」を見てから、「ななつ星」に乗りたい、という者もいたし、一刻も早く、「ななつ星」を見たいと、6番線ホームに急ぐ者もいる。

大三郎は、母と、「蛇踊り」を見ていた。とにかく、あまり目立ちたくなかったのだ。

母の松枝は、自分の名前が、すでに登録されているときいて、ご機嫌で、着物姿で、「蛇踊り」を見ている。

その「蛇踊り」が終わると、6番線ホームに入線している「ななつ星」に向かった。

ディーゼル機関車に、七両の客車が牽引《けんいん》されている。しかし、そうした列車の編成よりも、大三郎が感じたのは、「ななつ星」の圧倒的な重量感だった。

まず、こげ茶色に統一された厚みのある車体カラーである。そこに、金色でSEVEN STARS IN KYUSHUの文字と、星のマークが入っている。

既存のレールが使われているのだから、当然、列車の方も、規制されて、小さい筈なのだが、やたらに大きく見える。多分、色と、デザインの効果だろう。

カメラを持ったファンというのか、鉄道マニアが、どっとやってきて、子供をマークの前に立たせて、しきりに写真を撮っている。

そんな人たちを避けるようにして、大三郎は、母と一緒に3号車まで、歩いて行った。

制服姿の若い女性クルーの一人が、大三郎たちを車内に案内してくれた。

乗り込んでまもなく、列車は出発する。

大三郎の部屋は、五両の客車の中の、一番先頭の3号車で、三つある部屋の301号室である。

クラシックな感じの鍵を渡されて、中に入る。

とたんに、母が、

「すごいねえ」

と、声を、あげた。

ツインベッドの部屋と、シャワールームにトイレ。

しかし、母が声をあげたのは、部屋の造りだった。よく「贅を凝《こ》らす」という言葉があるが、このような部屋のことだろう。

さして広くない部屋を、隅から隅まで、贅沢にというか、芸術的に造りあげている。洗面所には十四代柿右衛門作の洗面鉢が置かれている。

寝室の方は、更に凝っていた。彫刻された木造の壁、天井は高く、シャンデリアが輝いている。窓は、ベッドに寝ていても、外が見えるように、縦長で、その窓には、ブラインド、カーテン、障子と、どれを使うかは、乗客の自由になっていた。

3号車から、7号車までが客車で、大三郎たちの3号車、その続きの4号車、5号車、6号車では、一両に部屋は三つずつ。最後尾の7号車は二部屋だけである。全部が満室でも乗客は全部で十四組という贅沢さである。

夕食は、1号車のラウンジカーと2号車のダイニングカーでとる。1号車には、ピアノが用意されていて、食事中でも、そのあとでも、乗客が希望する曲を、ピアノとヴァイオリンで、聞かせてくれる。

1号車は、前方に巨大な一枚ガラスがあり、いわば展望車の感じである。夜になると、バーに変身する。

とにかく、贅沢な造りの客車、ピアノとヴァイオリン、一流の料理。そして、途中の駅からマジシャンが乗ってきて、マジックを見せてくれるという。一車両にクルーが一人ずつつく。とにかく、乗客を飽きさせないように、全力を尽くしている感じである。

母は、すっかり満足して、夕食のあとで、しばらくラウンジカーで、ピアノとヴァイオリンを聞いているというので、大三郎が、ひとりで、3号車に戻った。

鍵を開けて、中に入る。

ケイタイを取り出して、とにかく、ニュースを見ることにした。部屋には、テレビもラジオもついてないからだ。

何といっても、大三郎が気になるのは、青梅の山の中に、放置してきた柴田夫婦のことである。こちらが、「ななつ星」の旅行を楽しんでいる間は、発見されないだろうと、タカをくくっているのだが、何が起きるかわからない。もし、早々と、柴田夫婦が発見され、大さわぎになっていたら、東京に帰らず、鹿児島あたりで、逃げ出すつもりだった。

ケイタイのニュースでは、柴田夫婦のことは、全く出て来なかった。まだ、発見されていないらしく、ほっとした。

顔でも洗って、母を迎えに行こうと考えた時、洗面所の鏡の前に、封筒が置いてあるのに気がついた。

〈お客様へ〉

と表にある。多分、ＪＲ九州からの型にはまったあいさつ状だろうと、思いながら、大三郎は、封を開けた。

中身は、便箋一枚と封筒。しかし、眼を通した瞬間、大三郎の顔色が変わっていた。

〈賀谷大三郎よ。

お前のやったことはわかっている。サギ、強盗、誘拐、監禁、それに殺人未遂だ。十年の刑務所暮らしはかたいぞ。

しかし、こちらが黙っていれば、お前は無事だ。その代わり、こちらの命令通り、動いて貰う。

今、お前の乗っている「ななつ星」の、7号車の701DXスイートルームに池田《いけだ》夫婦が乗っている。定年で会社を退いたのを機会に、奥さん孝行と殊勝なことをいってるが、とんでもない。このカップル以上の悪人を、知らない。二人の仕事はゆすりだ。相手の秘密を探りだし、ゆする。二十年以上にわたってその仕事を続けて、今やカップルの個人資産は一千億円ともいわれている。当然、無数の人間が、池田を恨《うら》んでいる。いつ殺されるかわからない。そこで、池田は、ゆすった相手の名前と、秘密を書き込んだ手帳を、常時、持ち歩いているのだ。おれを殺したら、その手帳が物をいうぞというわけだよ。

賀谷大三郎よ。「ななつ星」が博多に帰るまでの間に、その手帳を盗み出し、同封した封筒に入れて投函するのだ。

それが、こちらの手元に着いたら、サギ、強盗、誘拐、監禁、殺人未遂は忘れてやる。こちらとしては、全て上手くいって、お前が刑務所に入らずにすむことを祈っているぞ〉

封筒の中に、二つに折った、封筒が入っていた。宛名も入り、切手も貼ってある。住所は、こうなっていた。

東京都中野区中野×丁目×番地
　中野ＡＫコーポ内
　日本友愛協会東京支部

もっともらしい名前だが、何をする協会なのか、何が売り物なのかわからない。友愛とか平和という名前をつけたものは、たいてい、いかがわしい。

大三郎は、封書をポケットに入れて、部屋を出た。

2号車のダイニングカーを抜けて、母のいる1号車のラウンジカーに入っていくと、今は、バーになっている。

ピアノが、聞き覚えのある曲を演奏している。今、列車は停車中である。

カウンターでワインを呑んでいる母を見つけて、その隣りに腰を下ろして、大三郎は、ビールを注文した。

バーになった1号車に、乗客の大半が集っているが、目当ての池田夫婦は見当たらない。

大三郎に、母がいう。

「もう、お友だちを、何人も作ったよ」

「7号車のDXスイートに入っている夫婦はどうなの？　お友だちになれたの？」

「7号車は、二部屋しかなくて、広々としていて羨《うらや》ましいといったら、名刺をくれたのが、お前のいう人じゃないの？」

母が、名刺を見せてくれた。

〈東京都台東区《たいとう》上野《うえの》　骨董商
池田　敦《あつし》〉

それが、名刺に書かれた住所と名前だった。

「この人は、今どこに？」

大三郎が、小声で、きいた。

「展望席に、行くといってたよ」

と、母が、いう。

大三郎は、演奏中のピアノの横を抜け、両側にテーブルのある通路を、先頭の展望席まで、母と一緒に歩いて行った。

この1号車の前に、先ほどまで機関車があったのだが、今は、消えてしまっている。おかげで、巨大な一枚ガラスの窓一杯に、夜の駅が浮かんでいる。

展望席には、数人の乗客と、その光景を説明しているクルーの女性がいた。

ここでも、ビールやワインが呑める。乗客が、カクテルを注文し、クルーの女性が、カウンターに取りに行く。

「ああ、あの方だよ」

と、母が、いった。

展望席には、丸テーブルを囲んで、四つの椅子があり、その二つに中年の夫婦が、腰を下ろしていた。

「紹介してくれ」

と、大三郎が、母にいった。

母が、二人に、声をかけ、

「これは、息子でございます」

と、紹介した。

展望席にいた他の二人が、気を利かせて、出ていったので、大三郎と母が、空いた椅子に腰を下ろした。

「さっき母が、名刺をいただいたそうで。遠慮のない母で、困っています」

と、大三郎がいうと、池田が、ニッコリし、

「楽しいお母さんで、いいじゃありませんか」

「骨董のご商売をやっていらっしゃるそうで、羨ましい」

「骨董がですか？」

「そうですよ。安物で、せいぜい二、三百円と思っていたお茶碗が、突然、何百万円にも

なる。そのスリルが、たまらないんです、ぞくぞくします。それを毎日、味わっていらっしゃるんだから、羨ましいんですよ」

「失敗すれば、一日で、何百万、時には、一千万も二千万も、損しますよ」

「それでも、羨ましいんです」

「とんでもない」

と、今まで黙っていた、池田の妻、佳子《よしこ》が、口を挟んだ。

「一日に、何百万も、損をしたら、二、三日は、眠れませんよ」

「いや、池田さんも奥さんも、大変な目利きでしょうから、損なんかなさらないでしょう。もうかるばかりで」

「骨董商というのは、損をして、目利きになるんですよ。私なんかは、今、損を続けているところです」

「どうやって、目利きになるんですか?」

「そうですねえ、一般にいわれるのは、とにかく、本物を見ろということです。本物を見ていれば、自然に目利きになります」

「お店は、上野ですね」

「そうです。上野駅の傍《かたわ》らです」

「お訪ねしても構いませんか？　この年齢になって、骨董に興味を覚えましてね。誰かについて勉強したいと、思っているので」

と、大三郎は、いった。

「しかし、骨董商を、やりたいわけじゃないんでしょう？」

「実は、亡くなった父の祖先が、栃木県で、庄屋をやっていましてね。蔵の中が、骨董の山らしいんです。なんでも、藩主に大金を貸していたようなので、ガラクタではないと思っているんですが、私が、骨董がわからないので、もて余しています」

大三郎が、でまかせをいうと、池田は、眼を光らせて、

「失礼ですが、栃木県のどこですか？」

と、きく。

大三郎は、すばやく、栃木県の地図を頭に描いて、

「足利《あしかが》です。なんでも、古い足利学校の近くだと聞いています」

「足利学校といったら、日本最古の現代的な学校ですよ」

「そうですか」

「そこで、庄屋をやられていた？」

「そうです。なんでも、千メートルは他人の土地を歩かずにすんだと、祖父がいうのを聞

いています。今は、かなり小さくなっていますが」

「だが、蔵には、骨董品があふれている」

「そうです」

「藩主に、大金を貸していた？」

「それは、祖父に聞いただけで、本当かどうかわかりませんよ」

「しかし、そういう話を、聞いているんでしょう？」

「祖父から、聞きました」

「その人は、どんな方ですか？」

「私が知っているのは、祖父の代までは、大変なお金持ちでしたが、父が、道楽者で、湯水のように金を使って、急に貧乏になってしまったと聞いています」

「しかし、蔵には、たくさんの骨董が入っていた？」

「それは、自分の眼で、確認しています」

「私も、ぜひ、拝見したいですね」

と、池田が、いう。

「どうぞ、来て下さい。私が、ご案内しますよ」

大三郎が、ニッコリして、

「約束ですよ」

と、池田と、握手をした。

そのあと、部屋に帰ると、母が、

「なぜ、あんな嘘をつくの？」

「別に、嘘じゃない。友人に、あの話そっくりの家があるんだ」

「それは、お前の友だちの家で、うちとは関係ないじゃないか。池田さんが本気になって、栃木県に行くと、おっしゃったじゃないか。どうする気なの？」

「母さんにも、池田さんが、本気になっていると、見えたの？」

「見えたよ。どうするんだい、栃木に行くことになったら？　うちには、栃木には知り合いはいませんよ」

「とにかく、向こうが、本気になってくれれば、いいんですよ」

と、大三郎が、いった。

「どうしていいの？」

母は、わけがわからないという顔だ。

「とにかく、おれは、あの池田夫婦と知り合いになりたいんだ。夜が明けたら、長崎見物だろう。そのあとで、あの夫婦のスイートルームを見たいんだ。おれがいうと断られるかもしれないから、母さんが見たいと、いってくれないか」

「それはいいけど、うちは貧乏だから、骨董は困るよ」

「そんなことは、わかってるよ」

と、大三郎は、笑った。が、頭の隅の方では、わけのわからない恐怖を感じていた。

最初は、けっこう、自分では悪党ぶっているつもりだった。母が、がんにかかっているという理由づけもあった。

「ななつ星」の豪華な旅を楽しんだあとは、さっさと、今の生活を捨てて、九州のどこかで、新しい生活を始めるつもりだったのだ。

ところが、どこかで、誰かが、大三郎の悪党ぶりを笑いながら、観察していたらしい。

そして、どうやら、そいつに、大三郎は、利用されているらしいのだ。

姿の見えない相手は怖い。

だが、そいつのいいなりになる気はない。

何とかして、池田夫婦の手帳というのを、奪い取るつもりだ。

だが、指示通りに、それを、封筒に入れて、中野の「日本友愛協会」とやらに送ってやる気はない。

もし、その手帳が、金もうけのネタだったら、大三郎は、自分で利用して、金もうけをするつもりだった。

一時間ほどして、機関車が再び連結され、「ななつ星」は、ゆっくり動き出した。

朝になるまでに長崎に着き、向こうで待っている同じ名前の観光バスで、市内見物をするが、参加は自由だという。

「母さん、ひとりで、長崎見物してきてくれ」

と、大三郎は、いった。

「お前はどうするの？」

「変に疲れたから、部屋で寝ているよ」

と、大三郎は、いった。

第二章　外務省

1

列車が長崎に着くと、車内放送があって長崎見物を希望する客は、列車を降りて、用意されたバスで長崎市内に行くことになった。

大三郎は、母の松枝に、デジカメを持たせて、

「とにかく、一緒に長崎へ行く乗客の写真を撮りまくってくれ。若者がそんなことをしたら怪しまれるが、母さんぐらいの年齢なら誰も怪しまないからね」

と頼んだ。

「どうして、皆さんの写真を？」

「決まってるだろう。皆さんと仲良くしたいからだよ」

「それなら、皆さんと一緒に長崎見物に行けばいいのに」

「少し寝たいんだ」

大三郎は、でたらめを、いった。

およそ三十人の乗客のうち、二十人ぐらいが、列車と同じ色、同じ形のバスで出発していくのを、大三郎は見送り、その中に、池田夫婦の姿があるのを確認した。

池田夫婦は、一番高い7号車のＤＸスイートルームの筈だから、しばらくは、誰もいないことになる。

大三郎は、それでも、用心して、まず、1号車に行った。いつの間にか、機関車が、切りはなされていて、姿が見えない。長崎見物が終わるまで、整備のために、移動しているのだろう。

おかげで、1号車の先頭が、巨大なガラス窓になって、文字どおり、展望席になっている。そこには四つの座席があるのだが、二つは、すでに占領されていた。

大三郎は、カウンターに腰を下ろして、ビールをオーダーしてから、1号車の車内を見廻した。

展望席に、二人の乗客がいるだけである。1号車には、ほかにカップルが一組いて、ピアノを聞いていた。

自分を入れて五人。バスで、長崎観光に行ったのは、約二十人だったから、残りは五人ほど。彼らは、それぞれ自分の部屋で、ベッドに横たわっているのだろう。

大三郎は、ビールを飲み干すと、カウンターをおりて、客車の方向に歩いて行った。

3号車から先が、4号車、5号車、6号車、7号車で、客車になる。一つの車両に、二人部屋が、三つずつ、7号車だけが、部屋が二つと少ない。それだけ、部屋が広く、豪華である。

通路を歩くと、普通の寝台列車と違って、通路が互い違いになっていることに気がついた。後方へ向かって、3号車の通路が、左側にあるのだが、4号車に入ると、今度は、右側にある。見通しは悪いが、車内を楽しむことが出来る。そちらをとったのだろう。

大三郎は、耳をそば立てながら、ゆっくりと、通路を歩いた。

室内から、話し声が聞こえると、大三郎は、立ち止まって、部屋番号を確認した。

1号車の展望席に、二人の乗客がいた。カウンター近くではカップルがビールを飲んでいた。数字上では、あと五人ほどが、何号車の何号室かにいる筈である。

4号車の廊下で、男同士の話す声が聞こえた。

大三郎は、立ち止まって、部屋のナンバーを確認する。４０２号室である。

男同士の会話だが、話の内容はわからない。

突然、ドアが開いて、二人の男が出てきたので、大三郎は、あわてて、彼等に背を向け、5号車の方向に歩いていった。

5号車では、503号室から話し声が聞こえたが、こちらも話の内容はわからない。

(あと一人ぐらいはいるはずだ)

と、大三郎は、思った。

6号車の方は、いくら、耳をそば立てても、どの部屋にいるのか、わからない。いるとしても多分、どこかのベッドで、寝ているのだろう。

最後尾の7号車に入った。

他の客車が三部屋なのに、7号車は、二部屋である。それだけ、他の客車に比べて広い。まず、702号室。ここは、通路がある。その通路の突き当たりが701号室、こちらは通路がないから広い。それに大きな展望窓がある筈である。

きれいなドアを前にして、大三郎は、小さな溜息をついた。乗客全員が、自分たちの部屋の鍵を貰っている。アンティークなカギである。もちろん、大三郎のカギで、開くわけはない。

それでも、未練がましく、ドアに触っているうちに、少し動いたような気がした。

ぎょっとして、眼を凝らした。

眼の前のドアが、三センチほど、間違いなく開いている。

その隙間から、部屋の中が見えた。

(部屋のカギをかけ忘れたのか?)

そんな筈はない。

と思いながら、大三郎は、ドアを開け、身体を滑り込ませて、ドアを閉めた。

豪華な部屋だ。奥の寝室には、大きな展望窓があったが、カーテンが閉まっていた。もちろん、人の気配はない。

大三郎は、自分の部屋の洗面所にあった手紙を思い出していた。

池田敦が持っている手帳を奪って送れという、いわば命令書である。今、その池田敦の部屋にいるのだ。

ここに、問題の手帳があればと思い、念のために、部屋の中を探してみたが、もちろん、簡単に見つかるはずもなかった。

それでも、大三郎は、未練がましく、部屋の中を調べていくと、展望窓の前に置かれたテーブルの上に、一枚の名刺があるのが、眼に入った。

手にとって、読んだ。

〈MR商会　秘書課長
　　細矢《ほそや》　稔《みのる》〉

とあった。

大三郎は、MR商会という名前を知っていた。

彼の知っているMR商会と同じ会社なら、社長の宇田川《うだがわ》は、現在の日本で、十指に入る資産家である。

ただ、その経歴に怪しげなところがあり、本当なら、刑務所に入っていてもおかしくはないという人もいる。

現在のMR商会のビジネスは、宝石の通信販売である。大三郎もテレビで見ている。

しかし、この商売も表向きで、本当の事業は別にあるのではないかともいわれている。

テーブルの上に名刺があったということは、普通に考えれば、この細矢稔というMR商会の秘書課長は、この「ななつ星」に乗っていて、この部屋に来て、池田敦に、名刺を渡したということだろう。

大三郎は、手帳を取り出して、名刺を書き写した。

更に、もう一度、部屋の中を見廻してから、部屋を出た。周囲に気を遣いながら、7号車を出て、まっすぐ先頭の1号車に向かった。緊張していたので、喉《のど》が渇き、ビールを飲みたくなったのである。

1号車に入ると、カウンターに腰を下ろして、ビールを飲んだ。

やがて、長崎見物に行っていた乗客が、戻ってきた。その人たちを、すかさず、ピアノが優しい音楽で迎える。

ひと休みして、夕食の時間になった。

長崎の一流料亭から、長崎料理がシェフと一緒にやって来て、1号車、2号車に、きれいに並べられていく。

食事が始まると、大三郎は、母から、カメラを受け取って、そこに保存されている写真を、見ていった。

「失礼ですよ。ちゃんと食事をしなさい」

と、母の松枝が、注意する。

「失礼って、誰にだ？」

「シェフさんにですよ」

「そうか、シェフが来てるんだ」

大三郎は、あわてて、カメラを置き、料理に箸《はし》をつける。それでも、つい、眼は、カメラの画像の方に戻ってしまう。

「何か面白いものが写っていますか?」

と、隣りのテーブルから声をかけられて、大三郎は、

「ええ。まあ」

と、あいまいに返事をしたが、声をかけてきたのが、池田敦であることに気がついて、あわてて、カメラをポケットにしまった。

池田が、ニヤニヤ笑っている。大三郎のあわてたさまが、おかしかったのだろう。

「私も、面白い写真を撮っているので、あとで交換しませんか」

と池田が、いう。

大三郎が、どう返事をしていいかわからずに黙っていると、松枝が、助け舟を出すように、

「いいですねえ。見せ合うの楽しみ」

と、答えている。

夕食が終わると、1号車が、バーに変わる。

乗客は、大方、自分の部屋には戻らずに、カウンターでワインを楽しんだり、テーブルで、話を交わしたりして、時間を潰《つぶ》していく。

その間、列車は、動かずにいる。特別列車なので、時間もうまく調整されているのだろう。池田夫婦の方が、誘う形で、大三郎たちと同じテーブルに腰を下ろした。

クルーが、ビールや、ワインを運んできてくれる。

松枝は、ワインを注文してから、池田に、

「池田さんの写真を見せて下さいね」

と、いう。何とかして、息子の手助けをしたいのだ。

「実は、女性にはちょっと見せられない写真なので、危なくない方を、まず、見て下さい」

そんないい方をして、池田は、別のカメラを松枝に渡した。

「女性に見せられない写真って、どんな写真なんでしょうね」

と松枝は、池田の妻に笑いかけたが、渡されたカメラを、すなおに手に取った。

「これ、長崎の景色でしょう？　あっ、私が写ってる。私みたいなおばあさんを撮ったって仕方がないでしょうに」

と、笑顔でいい、その写真を、松枝が、大三郎に見せる。

確かに、そこに大きく、松枝の顔が写っていた。しかし、冷静に見れば、それは、松枝を撮っているのではないことがわかる。

画面を二分して、左側に、大きく松枝の顔を撮っているが、カメラマンの狙《ねら》いは、右半分に写っている男の方なのがわかる。

背中を見せて、携帯をかけているので、男の顔は、わからない。

「妙な写真だな」

と、大三郎が、呟《つぶや》くと、松枝が、

「そうでしょう。私のアップを撮ったって、仕方がないのにねえ」

と、笑う。

もちろん、大三郎が、「妙な――」といったのは、母親のアップのことではない。右半分に写っている男のことだった。この「ななつ星」の乗客の一人だろうと思うが、電話している後姿を撮っても仕方がないだろうと、大三郎は、思ったのだ。

しかも、松枝のアップを撮るふりもして、撮っている。

大三郎が、考え込んでいると、池田が、

「男が楽しむ写真を、お見せしましょう」

と、いって、別のポケットから、カメラを取り出した。

小さなカメラである。そのスイッチを入れて、池田が、大三郎に渡す。

自動的に、画面が変わっていく。

それを見ていた大三郎は、危うく、声をあげそうになった。

そこに、自分が写っていたからである。

しかも、背景は、701号室なのだ。

(畜生!)

と、叫びたくなった。

あの部屋に、隠しカメラがあったのだ。

カギをかけ忘れたのではなかった。わざと、カギをかけず、忍び込んでくる人間を、隠しカメラで、待ち構えていたのだ。

大三郎は、見事に、その罠《わな》に落ちたということなのだ。

池田が、顔を寄せて、小声でいった。

「何も要求しませんよ」

2

「お先に失礼しますよ」

と、池田がいい、立ち上がって、池田夫婦は、7号車へ戻っていった。

「畜生！」

今度は、声に出していった。

「どうしたの？」

と、松枝が、きく。

「やられた――」

「そんな危ない写真だったの？」

「違うんだよ」

と、つっけんどんにいったが、大三郎は説明出来ないことだと、自分にいい聞かせて、

「母さんの写真を見せてくれ」

と、いった。

母のカメラを、もう一度、最初から見ていく。

こちらは、とにかく、乗客を出来るだけ多く写してくれと、大三郎がいってあるので、
集団で写っているシーンが、やたらに多い。

そんな写真の中で、ひとりで、写っているものがあった。

（あの男だ）

と、思った。

ひとりで、後向きに、携帯をかけている写真を見たが、服装が同じなのだ。場所は、長崎の、グラバー邸らしい。

七、八人のグループと離れて、この写真でも、ひとりで、携帯をかけている。しかも、カメラに背中を見せていた。

「この人は、乗客の一人だよね」

と、大三郎が、母にいうと、

「さっき、池田さんのカメラに写っていた人よ」

「どうして、いつも、ひとりで写っているんだろう？」

「そういえば、長崎でも、みんなから離れていたわねえ」

「どんな人か、わかる？」

「一〇〇五番さん」

と、松枝が、いう。

「何だい？　一〇〇五番って？」

「私も、この人の名前は知らないのよ。いつも、ひとりでいるので、クルーの人に聞いたの。いつも、ひとりで、変わってると思ったから。そうしたら、クルーの人は、こんなことを教えてくれたのよ。『ななつ星』って、五、六十倍が当たり前の倍率なんですって。

だから、たいていの人が、キャンセル待ちになるんだけど、この人も同じキャンセル待ちだったけど、その番号が、一〇〇五番だったんですって」

「一〇〇五番だと、まず、無理じゃないか。よく、キャンセル待ちで、今回の旅行に加われたね？」

「クルーの人も、一〇〇五番の待人が、今回の『ななつ星』に乗れたので、びっくりしているると、いってたわね」

「自分で、一〇〇五番だったといっているのかな？」

「名前を聞かれると、氏名じゃなくて、一〇〇五番だったというので、一〇〇五番さんと呼ぶ人もいるみたい。あのクルーの人も一〇〇五番さんと、呼んでたから」

と、松枝は、いう。

「母さんは、この人と、話をしたことはあるの？」

「一〇〇五番さんというのが珍しかったから、声をかけてみたわ。この写真のあとでね。名前がわからないから、一〇〇五番さんって呼んだら返事をしてくれた」

「それで、どんな話を？」

「初対面みたいなもんだから、普通のあいさつをしただけですよ。今日は、どこからいらっしゃったんですか？　お子さまはいらっしゃるんですか？　何号車に乗っていらっしゃるの？」

「それで、向こうは？」

「あの人は、人嫌いなのかしらね。私が話しかけても、上の空で、キョロキョロしてるのよ。あれじゃや、親しい人はいないわね」

「写真では、後姿だが、どんな感じの男？　無愛想みたいだけど」

と、大三郎が、きいた。

「ちょっと、きつい感じだよ。あれ、眼がきついんだね。声は、低いから、魅力があるのに惜しいと思うよ」

「何か特徴はなかった？」

「年齢は、四十歳くらいかねえ。背は中くらい。普通の顔だよ。眼はきついけどね。ああ、それから、背広の襟に、変なバッジをつけてた」

「母さんのいう変なのって、どういうのを、いうんだ？」

「わからないのは、全部、変なのよ」

「じゃあ、母さんにわかるのは？」

「絵ならわかる、絵。文字なら日本語。あとは数字かしらね」

「じゃあ。わからない絵か、外国語か、ローマ数字か」

大三郎は、一つ一つきいていった。

すぐ、外国語だと、わかった。そこで、大三郎は、AからZまで、メモに書いていった。

松枝は、その中のMとRを指さした。

「多分、この二つを組み合わせたバッジだね」

と、松枝が、いう。

大三郎は、やっと笑顔になった。MとRに、記憶があったからである。


〈MR商会〉


で、ある。

それに、あの名刺だ。

池田の隠しカメラに、自分の姿が写っていて、ショックを受けたのだが、落ちついて考えると、池田が、最初から、大三郎を狙って罠をかけたのだろうか。

大三郎は、正体のわからない相手から、脅かされ、池田敦から手帳を盗み取れと指示されている。

その命令者が誰かは、わからない。もし大三郎が、命令に従わなければ、この「ななつ星」に乗る時の犯罪を、公にするというわけだろう。

大三郎は、ベッドに横になって、高い天井に眼をやった。普通の列車より天井が高く、シャンデリアが美しい。

「母さん」

と、天井を見たまま、声をかけた。

「何だい？」

母の松枝は、ベッドをたたんで、ソファにしたものに、腰を下ろし、ちびちびワインをなめている。そんなことをしなくても、1号車にいけば、ピアノを聞きながら、カウンターで何でも飲めるのに、やはり地が出るのだろう。

「おれは、悪党だよ」

大三郎が、いう。別に、懺悔《ざんげ》をしているわけではなかった。この豪華列車の中で、いったい、どんなことが、進行しているのか、それを知りたくて、今までのことを、復習しているのだ。

「そうかも知れないけど、可愛らしい小悪党だよ」

と、松枝が、いう。

「今からいうことを、黙って聞いていてくれ。おれは、力ずくで、この『ななつ星』に乗り込んだと思っていた。柴田夫婦から、力ずくで、この列車の権利を取り上げたんだ」

「――」

「ところが、ひょっとすると、おれたちは、罠に落ちたのかも知れない。柴田夫婦が、現れたのも、おれたちが、この『ななつ星』に乗れたのも、全部、仕組まれたことなのかも知れない」

「――」

「母さんには、いわなかったが、おれは、『ななつ星』に乗ったとたんに、脅迫された。相手は、多分、おれたちを、この列車に乗せた奴だ。同じ列車に、池田敦という男が乗っている。そいつは、金になる手帳を持っているから、それを奪って、中野にある会社に送れというんだ。あの池田夫婦だよ。骨董商の――」

「いいかい？　喋《しゃべ》っても」

「何か意見が、あるのか？」

「あの池田夫婦は、そんなに悪い人たちじゃないよ。お金は好きみたいだけど」

「母さんには、そう見えるか？」

「それに――」

と、母が、いう。

「何だ?」

「その話、おかしいよ」

「やっぱりおかしいか」

「池田さんという人は、小柄だし、あんたに頼まなくたって、普通の男なら、ぶん殴れば、池田さんは、間違いなく気絶するから、簡単に手帳ぐらい奪い取れる筈だよ」

「そうなんだ！」

と、大三郎は、思わず、大声をあげた。

「何だい？　びっくりするじゃないか」

「おかしいんだよ。その上、今日、池田敦から、逆に脅かされた」

「写真を見て、青い顔をしてたけど、何だったの？」

「みんなが、長崎見物に出かけたあと、7号車に行ったんだ。池田夫婦の部屋がある車両だよ」

「バカだね。カギがかかっているから、入れないのに」

「それが、カギが、かかってなかったんだ。だから、部屋に入った。もし、手帳があったら、簡単だからね」

「なかったでしょう？」

「それどころか、隠しカメラで、写されてしまった。わざと、カギをかけずにいたんだ」

「何だか、それも、おかしいね」

「おれも、今、おかしいなと、思い始めているんだ。ただ、部分部分は、おかしいなと思うんだが、全体がよくわからない」

「お前はね」

と、松枝が、いう。

「自分を悪党みたいにいってるけど、悪党になれるだけ、頭がいいんだよ」

「よく、わからないよ」

「お前は、小学校の時も、中学校の時も、学校の成績は、悪かった」

「そんなことは、知ってるよ」

「でも、お前は、小学生の時から、商売やってたからね。同じ小学生を集めて、賭けをやって、コマやゲーム機を巻きあげて、それを今度は、安く売ったりしてたんだよ。これなら、大人になっても、大丈夫。何とか生きていけると思ったんだよ。でもね――」

「でも、何だ？」

「絶対に、お前は、欺《だま》す方になると思ってた。欺されるとは、思っていなかったよ」

「だから、なおさら、腹が立つんだよ。バカにしやがって！」

大三郎は、また、大声をあげた。

「飲みに行くぞ！」

3

1号車のカウンターで、飲み始めた。

ビールから始まり、ワインになり、最後は、焼酎になって、そのあとを、覚えてなかった。

クルーの男性に、部屋まで、運ばれたらしいが、記憶は、なかった。

眼を覚ました時、列車は、夜の中を、走っていた。クルーの話では、乗客に、よく寝て貰うために、五十キロ以上のスピードは、出さないといっていたが、確かに、ゆっくりしたスピードである。

母は、隣りのベッドで、寝息を立てている。

大三郎は、裸になると、シャワー室に入って、思い切り、シャワーを浴びた。普通、夜行列車や、寝台列車は、シャワーは、三分間とか、五分間とか、限られているのだが、この「ななつ星」で、クルーにきくと、時間は気にしないで、シャワーを使って下さいといわれた。

もちろん、無限ということは、ないだろうが、とにかく、時間を気にせず、シャワーを使えるのは、嬉しかった。

さっぱりして、ベッドに横になり、窓のカーテンを開けた。

この「ななつ星」の窓は、やたらに、タテに長い。説明では、ベッドに横になったまま、外が見えるように設計したという。

少しばかり、造りすぎだが、確かに、ベッドに寝たまま、外が見える。今は、深夜。遠くに人家の明かりが見えるのは、悪くなかった。

だが、大三郎は、郷愁を感じる代わりに、先刻の怒りの続きを、今度は、冷静に考えようと決めていた。

今、「ななつ星」には、池田敦と、MR商会の秘書課長が、乗っていることがわかっている。

(いったい、何のために、二人は、同じ列車に乗っているのだろうか?)

姿の見えない脅迫者から、池田の手帳を奪えと、命令された。

最初は、まともに受け取ったのだが、今は違う。

池田敦が、問題の手帳を、持っているかどうかさえ、疑わしいと、思っていた。冷静に考えれば、そんなに大事な、金になる手帳なら、持ち歩くより、銀行の金庫にしまっておくだろう。

だが、手帳を持っているかどうかは、怪しいが、池田本人が、「ななつ星」に乗っていることは、事実なのだ。

池田敦という男の話もすでに調べてみた。実業家で、現在、骨董商だが、今も金儲けに眼がない。

そんな池田が、ただ単に、列車への興味だけで「ななつ星」に、乗っているとは、思えなかった。わざと、部屋のカギを開けたままにしておいたり、隠しカメラをつけておいたりは、列車への関心だけなら、しないだろう。

それなら、池田敦は、何をしに、「ななつ星」に乗っているのか？

正直にいって、わからないが、一つだけ、想像できるのは、

（金儲け）

である。

もし、この想像が当たっていれば、池田敦は、この「ななつ星」の車内で、誰かと、何

かを取引するつもりに違いない。

その時、列車が、ゆっくり停車した。

小さい駅のホームが、眼の高さに見える。

「ななつ星」の場合、時刻表に載っていない、他の列車とのすれ違いのために、停車したと思ったのだが、いっこうに動かない。

そのうちに、伝わってきていた、軽い振動が、消えてしまった。

機関車のエンジンが停まったのだ。どうやら、次の目的地に、早く着きすぎないために、時間調整のための、停車らしい。

小さな駅だが、それでも明かりの近くに停車したので、部屋の中にまで、その明かりが、差し込んでくる。

大三郎は、のぞかれるのが嫌なので、部屋の明かりを消した。

大三郎の視界に、この「ななつ星」から降りたと思われる乗客の姿が、入った。

停車時間が長いので、ホームに、降りる許可が出たのだろう。

(あの男だ)

と、思った。

池田のカメラと、母のカメラの中で、ひとりで写っていた男である。

男は、ホームの先端の方向に歩いて行き、立ち止まる。

携帯をかけるのかと見ているると、そこに、しゃがみこんだ。

急に、近くに駐まっていた車が、ホームに近づいて来た。

ワンボックスカーである。

黒っぽい車だが、夜なので、本当の色はわからない。赤でも、青でも、黒っぽく見えるからだ。

ホームにしゃがんでいた男が立ち上がり、飛び降りて、車に近づき、乗り込んだ。

ホームが邪魔になって、車内がよく見えない。

車には、二人の人間が乗っているようなのだが、車内を暗くしているので、はっきりしない。
十二、三分も経って、あの男が、車から出てきて、ホームに跳び上がった。四十歳ぐらいと、母はいっていたが、意外に身軽なのだと、大三郎は思った。
男は、車に小さく手を振ってから、「ななつ星」に戻ったらしい。というのは、大三郎の視界から、消えたからである。

大三郎は、室内灯をつけてから、腕時計を見た。

午前二時七分。

乗客のほとんどが、眠っているだろう。

更に、五、六分経って、急に、エンジン音が戻ってきた。機関車が、エンジンをかけたのだ。

がたんと揺れて、列車は、動き出した。

大三郎は、急に眠くなった。緊張が解けたからだろう。

眠って、再び、眼を覚ました時には、窓の外は、明るくなっていた。

次に停まる観光地は、由布院《ゆふいん》の筈である。

朝食の時間になり、列車は停車した。今日の朝食は、和食だった。博多の有名料亭の名前の書かれた箸袋がついている。

大三郎は、窓際のテーブルに、母の松枝と腰を下ろした。

「朝は、やっぱり、和食がいいわね」

と、松枝が、笑顔でいう。

大三郎は、いいかげんに相槌を打ちながら、窓の外を見ていた。

田植え間近の水田が広がり、その向こうに、道路が伸びている。

大三郎が、眼を凝らしているのは、その道路に停まっている車だった。

こげ茶色のワンボックスカーである。他の車は、すいすい走っているのに、その車だけ、こちらの列車に合わせるように、停まっているのだ。

深夜に、小さな駅で見た車かもしれないと思った。

「カメラを見せてくれ」

と、大三郎が、いった。

松枝は、カメラを渡しながら、

「朝食の邪魔になるようなことは、やめなさいよ」

「朝食を、撮るんじゃないよ」

と、大三郎はいい、長崎の写真を、一枚ずつ見ていった。

(あった!)

と、思った。

長崎の市内で、乗客たちが、集まって写っているのだが、その遠景に、ワンボックスカーが、写っているのだ。

こげ茶色の車体は、珍しい。間違いなく、同じ車だと、大三郎は、頭の中で、断定した。

(ひょっとすると、この「ななつ星」が、博多を出発した時からずっと、あの車は、つけていたのかもしれない)

と、大三郎は、思った。

彼は、ズームを最大にして、何枚か、その車の写真を撮った。が、こちらの列車と並行して停まっているので、ナンバープレートは、撮ることが出来ない。

朝食の時間が終わると、列車は、由布院に向かって、動き出した。

大三郎の視界の中のワンボックスカーも、つられるように、動き始めた。

(間違いなく、この「ななつ星」の中で、何かが行われるのだ)

と、大三郎は、確信した。

(それは、何かの、大きな取引かもしれない)

と、思った。

母の松枝は、大三郎のことを、小悪党だといった。確かに、小悪党だと、自分でも思う。今までに、やったことといえば、ゆすりや詐欺ぐらいのものである。

小悪党で、大物ではない。ただ、鼻は利く。

(この列車の中で、大きな取引がある)

これは、確信だった。

その片方は、池田敦だろう。その相手が、誰なのかが、わからない。これが、大三郎には、腹立たしいが、わくわくもしている。

池田夫婦が、テーブルで、コーヒーを飲み始めたので、松枝に、小声で指示しておいて、自分は、池田夫婦の近くで、同じように、コーヒーを飲むことにした。

母の松枝は、カウンターで、好きなワインを飲みながら、時々、愛用のカメラで、車内の写真を撮っている。池田敦に近づく乗客がいたら、全員、写真を撮っておいてくれと、大三郎が、指示しておいたのである。

池田は、ゆったりした態度で、妻と、食後のコーヒーを、楽しんでいるように見える。

一瞬、大三郎を見たのだが、そのあとは、全く見ようとしない。

多分、隠しカメラで撮ったから、これでもう、大三郎は、自分のいいなりだと、思っているのかもしれない。確かに、あの写真を公にされたら、間違いなく、警察に事情を聞かれるだろう。

1号車に、あの男が、入ってきた。

女と一緒だった。

それも、ハーフに見える、三十代後半の感じの美人だった。

男の方が、いつも、ひとりで動いたり、写真にも写っていたので、同室の乗客が、想像出来なかったのである。

母のカメラに、写っていなかったから、長崎には、行っていないのだ。列車に残ったとしても、大三郎は、見ていないから、ずっと部屋に籠《こも》っていたのだろうか？

いや、食事の時にも、その後のバーで飲んでいた時にも、大三郎は、彼女を見ていなかった。

とすると、今まで、彼女は、部屋に籠って、食事も、理由をつけて、部屋ですませていたのだろうか？

大三郎が、クルーの一人に、きいてみると、ハーフに見えた女の名前は、「シャリー・杉山《すぎやま》・ケイコ」だと、教えられた。国籍は覚えていないというが、パスポートを見たというから、日本国籍ではないのだ。

「日本人とのハーフかな」

と、大三郎がいうと、クルーの一人は、

「うちの社長は、どんどん、外国人にも乗って貰いたい、と言ってるんです」

と、いった。

大三郎は、あの男と一緒に、1号車に現れたので、同室だと思ってしまったのだが、クルーは違うという。

「シャリー・杉山・ケイコさんは、女性の方と同室です」

と、いう。

「その人は、日本人？」

「そうです。お役人です」

「お役人？」

「外務省の方みたいです」

と、クルーが、いった。大三郎は、これなら納得できると、思った。

日本の名所・旧跡をみたいと、外国の女性が、来日した。彼女が、その国の高官の娘なので、外務省の、女性職員が、「ななつ星」に乗せることにして、いろいろと、コネを使って、座席をとったというところか。

外務省の女性職員と一緒だということなら、シャリー・杉山・ケイコというのは、かなりのＶＩＰか。

大三郎の頭には、この「ななつ星」の車内で、大きな取引があるに違いない、という思いがある。

（その取引に、外務省〈国家〉が、関係しているとすると、途方もなく大きな取引かも知れないぞ）

と、大三郎は、考えて、ぞくぞくしてきたが、そこは、小悪党だから、怖くもなってくるのである。

怖いと、どうしても、マイナス思考になってしまう。

「ななつ星」に乗りたくて、柴田夫婦を騙して、まんまと乗ることに成功した。と、思っていたのだが、罠にはまってしまったらしいのである。

何者かに、「ななつ星」に乗せられてしまったのである。

(誰が、何のために、そんなことをしたのか?)

この列車を舞台にして、大きな取引があるらしいと考えると、自分たちは、その犯人にされるために、乗せられたのではないのか、と考えてしまう。

「一〇〇五番さんと一緒だった人、きれいだったわね」

と、母の松枝が、部屋に戻ってから、大三郎にいう。

「名前は、シャリー・杉山・ケイコだ」

「じゃあ、日本人と外国人のハーフなの」

「そうだろうよ」

「あんたは、ずっと、彼女を見てたけど」

「おれは、あの男と一緒にいたから、気になったんだ」

と、大三郎は、語気を強めて、いった。

「どんな、用件かしらねえ」

「多分、彼女は、東南アジアのどっかの国の、権力者の娘だと思うよ」

「そんな感じがするわね」

「一緒にいるのが、外務省の女性職員だと、クルーの一人が教えてくれた」

「それなら、大事な人だから、国も、おもてなしをしてるんだよ。この豪華列車なら、乗って頂いても、恥ずかしくないと、思ってるんだよ。きっと」

「それで、母さんに頼みがあるんだ。あのハーフの女が、何号室に入っているのか、同室の外務省の職員が、どんな女なのか、出来れば、二人がどんなことを話しているのかも、知りたい。ああ、それから、あの男と、どうして、朝食のあと、一緒にいたのか、その理由も知りたいんだよ。おれが、ジカに聞くわけにもいかないからね」

「ずいぶん、たくさんだねえ」

と、松枝が、笑ってから、

「そうだね。由布院で、列車を降りる時に、一緒に降りて、話しかけてみてくれ」

と、大三郎は、いった。

昼食のあと、由布院の温泉地を歩くことになり、二十人ほどが、列車を、降りた。

松枝は、カメラを持って、用意されたバスで出発し、大三郎は、列車に残った。

彼は、注意深く、バスに乗って出発する乗客の顔を確認していった。シャリー・杉山・ケイコも、バスに乗るのがわかった。今回の連れは、あの男ではなく、日本人女性である。

外務省の職員だという女性だろう。

あの男も、バスに乗って行ったが、ひとりである。

池田夫婦も、出かけて行った。

(今日は、取引は、ないな)

と、大三郎は、思った。彼は、取引は、列車の中で、深夜に行われるだろうと、勝手に決めていたのである。

バスが見えなくなると、今回は、大三郎は、1号車に行った。列車に残ったのは、十人前後の筈だったが、1号車に顔を出したのは、六人だった。

五人は、カウンターで、飲んでいたが、大三郎は、少し離れたテーブルで、クルーにビールを運んで貰うことにした。

そのクルーを捕まえて、ハーフの女性のことを聞きたかったからである。

ビールを運んでくれた、男のクルーに、

「ちょっと、座ってよ」

と、大三郎は、無理に、隣りに座らせてから、

「シャリー・杉山・ケイコのことを、聞きたいんだけど」

と、いうと、相手は、あわてたように、

「あの女性のことは、何も知らないんですよ」

と、いう。どうやら、箝口令《かんこうれい》が敷かれた感じだった。

「しかし、誰もが、彼女のことを、知りたがるんじゃないの？」

「そりゃそうですよ。やたらに、きかれるんで、困る人もいますよ」

と、クルーが、いった時、大三郎のケイタイが鳴った。

母親からだった。

「もしもし――」

と、応じたが、電波状況が悪いのか、よく聞こえない。

「ちょっと、待ってよ！」

と、叫んで、大三郎は、走って、出入口から、ホームに、飛び降りた。

今度は、よく聞こえる。

「どうしたんだ？　何があったんだ？」

と、きいた。何かなければ、電話なんかしてこない、母親だったからである。

「あの女の人が、いなくなっちゃったのよ！」

松枝の、大声がいう。

「シャリー・杉山・ケイコのことか？」

「そうよ」

「いなくなったって、どういうことなんだ？」

「とにかく、見えなくなっちゃったのよ。一緒にいた女の人なんか、半狂乱だわ」

「本当に、いなくなったのか？」

「いないわ。どうしたらいい？」

母親が、きく。

「カメラで、撮りまくれ！」

「撮りまくれって、何を？」

「そこにいる乗客をだよ。その中に、犯人がいるかもしれないから、全員を撮りまくるんだ！」

第三章　最終の日へ

1

大三郎は、小悪党の勘で、

(何かが始まったな)

と、思っていた。

大三郎には、その何かが、はっきりとは、わかっていないが、とにかく、何か金になるようなことが、起きたことは間違いないと、思ったのだ。

大三郎は、母親の松枝の携帯に電話をかけると、

「母さん!」

と、ひときわ大きな声で叫んでから、

「由布院の駅周辺、それから、温泉場の周辺を、何枚でもいいから、写真に、撮っておいてくれ」

「わかったよ。写真を撮るだけでいいのかい？」

と、母親が、きく。

「それと、もう一つ、一〇〇五番さんといったかな、一人だけ離れて、携帯電話をかけていた男が、いただろう？」

「わかっているわよ。頭の良さそうな人」

「今、そこにいるか？」

「いや、今は、いないね。ここには、見当たらないんだけど」

「もし、その男を見つけたら、そいつを、何枚も写真に撮っておいてくれ」

大三郎は、母親に、それだけいって、電話を切った。
五、六分して、今度は、母のほうから大三郎に、連絡が入った。
「大三郎、おかしいよ。何だか、様子がちょっと変だよ」

慌てた様子で、母親の松枝が、いう。

「母さん、落ち着いてよ。おかしいって、いったい、何が変なんだ？」

と、大三郎が、いった。

「いるんだよ、あの女の人が」

「女の人って、誰が？」

「シャリー・杉山・ケイコとかいう、ハーフのきれいな女の人」

と、母の松枝が、いった。

「ああ、彼女か。しかし、彼女なら、いなくなったといって、みんなが、大騒ぎしていたんじゃないのか？」

大三郎が、いった。

「そうなんだよ。特に役所の人が」

「外務省の人間か？」

「そう。青くなって、あちこち探していたんだけど、いたんだよ。無事に見つかったので、みんなホッとしているところ」

「しかし、さっきは、彼女が、いなくなったといって、大騒ぎしていたんじゃないか？」

まるで、それが、母の松枝のせいであるかのように、大三郎は、大きな声で、文句をいった。

「そんなことをいったって、突然いなくなって大騒ぎになったと、思ったら、突然出てきたんだからね。私にも、何が、どうなっているんだか、よくわからないよ。これからあとは、由布院を見学してバスで帰るから、これ以上、写真は、撮らなくてもいいだろう?」

と、母が、いった。

「ああ、もう写真は撮らなくてもいい。撮るだけ無駄だ」

と、大三郎は、いい、

(何てこった)

と、今度は、自分に向かって、舌打ちをした。面白くなりそうだったのである。それがポシャってしまった。

何とも、面白くないので、大三郎は1号車のカウンターで、大ジョッキの、生ビールを飲み始めた。

何杯も立て続けに飲んで、見事に酔い潰れて、何とか自分の部屋に戻ってベッドで寝てしまった。しばらく、そのまま、寝てしまい、起きた時には、母親が、帰ってきていた。

「いったい、どうなっているんだ?」

大三郎が、母親に、きいた。

「どうなっているんだってきかれても、そんなこと、母さんにも、わからないよ。あのハーフの美人さんが、由布院を見て廻って、いきなり姿を消しちゃってさ。それで大騒ぎになったんで、慌てて、あんたに知らせたんだよ」

母親が、いう。

「しかし、結局は、行方不明じゃなかったんだろう？」

「そうなんだよ。突然、あのハーフの美人さんがどこかに消えてしまって、お付きの、外務省の人も大騒ぎしていたけど、聞いてみたら、どうやら誰にも断らずに、ひとりで、トイレに行っていたらしいわ。外務省の人も怒るやらで、それはもう大変だったんだよ。それなのに、あのハーフさんだけが、何事もなかったみたいに、ニコニコ笑っていたわ。おそらく、自分が急にいなくなって、周りの人たちに、そんなに心配をかけたことなんか、気がついていないんじゃないの」

と、母親が、いった。

「それじゃあ、全員が、一人も欠けずに、列車に帰ってきたんだな？」

「ええ、みんな、バスで帰ってきたわ」

「母さんは、ハーフの、美人さんに、何か声をかけたのか？」

「ああ、かけたよ」

「それで、どうだった？　うまく、話しかけられたのか？」

大三郎が、きいた。

「あんたが、あのハーフの美人さんと、何とか話してみろといったから、勇気を出して話しかけてみたんだよ。バスの中で、日本語でね。そうしたら、彼女、日本語が、ちゃんとわかるんだね。日本語で返事をしてくれたから」

母が、嬉しそうな顔で、大三郎に、いった。

「それで、あのハーフの美人が何者なのか、わかったのか？」

「きっと、あんたが、知りたいだろうと思って、ハーフの美人さんについている、外務省の女性がいるだろう？　ほら、身体が大きくて、ちょっと強そうな人」

「ああ、あれが、外務省の役人だよ」

「それで、聞いてみたのよ。あの人は、いったい、何をしている人なんですかってね」

「そうしたら、どんな返事があった？」

「詳しいことは、教えてもらえなかったけど、何でも、次の駐日アメリカ大使になる偉い人なんだって、そんなことをいっていたわ。その人が、駐日大使になる前に、日本のことを知っておきたいからといって来日したので、ちょうどいいからと思って、『ななつ星』に乗ってもらって、いちばん日本的なところ、九州を案内しているんだってさ。外務省の女の人は、そういっていたよ」

「次の駐日大使か」

「ああ、そういっていたよ」

「まともなんだな」

と、大三郎が、いった。

松枝は、笑って、

「当たり前じゃないか。何でも、お父さんがアメリカ人、お祖母《ばあ》さんが日本人で、大変なお金持ちなんだって、外務省の人が、そういっていたんだよ」

「だから、まともだって、そういっているんだよ」

と、大三郎が、いった。

大三郎は、まともだと、母の松枝に、いったが、本当は、面白くないといいたかったのである。

次の駐日大使といえば、いってみれば、お役人である。そんなお役人を、誘拐したところで、一銭の得にもならないのでは、ないのだろうか？

それとも、家が、大変な資産家だというから、誘拐すれば、それなりのまとまった金に、なるのだろうか？

「面白くねえな」

と、大三郎が、また舌打ちをした。

2

東京では、大新聞の夕刊が、

「次期駐日アメリカ大使、正式に決定」

という大きな見出しを立て、シャリー・杉山・ケイコの顔写真付きの大きな記事を、載せていた。

警視庁捜査一課の十津川《とつがわ》警部は、その時、三上《みかみ》刑事部長に、呼ばれていた。

刑事部長室には、三上と一緒に、中年の、スーツの似合う、いかにも、頭の切れそうな男がいた。

十津川が、部屋に入っていくと、その男が、十津川に、軽く会釈をした。

「捜査一課の十津川警部です。こちらは、外務省の北米局長、安藤《あんどう》さんだ」

三上刑事部長が、安藤を、十津川に紹介した。

「十津川です」

と、十津川は、頭を下げた。

自分が、どうして、ここに、呼ばれたのか、その理由が、全くわからないので、十津川は、挨拶をしただけでじっと、黙っていた。すると、安藤北米局長が、夕刊を、十津川に差し出した。

次の駐日大使決定ということで、シャリー・杉山・ケイコの大きな顔写真付きの記事が載っている夕刊である。

「今、ここに書かれているアメリカのシャリー・杉山・ケイコさんが一人で、日本を訪問しています。今回は一応、お忍びのプライベートな旅行ということで。彼女が次の駐日大使になることは、すでに決まっているのですが、正式に、駐日大使を拝命する前に、日本を旅行して、日本のことをいろいろと、知っておきたいということなので、うちの女性職員が一人同行して、現在、二人で例の、『ななつ星』に乗って、九州を回っているところです」

安藤が、説明する。

「それで、そのシャリー・杉山・ケイコさんという次期駐日大使が来日していることと私とは、いったい、どういう、関係があるんでしょうか？」

十津川は、単刀直入に、安藤に、きいた。

「今日、彼女は、『ななつ星』が由布院に到着した後、専用バスで、由布院の市内観光をしていたのです。その時に、彼女が突然、行方不明になってしまったと思われました。実際には、誰にもいわずに、トイレに行っていただけのことで、行方不明などにはなっていなかったのですが、突然のことなので、同行している、うちの女性職員が大騒ぎしたらしいのです」

「由布院なら、私も行ったことが、ありますが、日本を代表する温泉地です」

と、十津川が、いった。

「ええ、私も、それは知っています。ですから、外務省でも彼女に、『ななつ星』に乗ってもらって、由布院の町を見学してもらおうとしたのです。『ななつ星』は、この後、宮崎に行き、鹿児島・阿蘇《あそ》を回って博多に戻ってくる予定です」

「それなら、別に、問題は、ないのではありませんか？　外務省の職員も、同行しているわけですから」

「ええ、たしかに、そうなんですが、シャリー・杉山・ケイコさんが、来日して、うちの職員と一緒に、例の『ななつ星』に乗り込んだ時点では、駐日大使には、まだ正式に決まっていなかったんです。ただ、そういう話が、出ているというところでした。それで、われわれ外務省としても、安心して、『ななつ星』に乗車して、もらえるように手配したのですが、この新聞にもあるように、アメリカ政府が、今日の午後一時に、次期駐日大使はシャリー・杉山・ケイコに決定したと、発表したのです。こうなると、昨日と今日では、彼女の身分にも微妙な違いが出てきます。だが正式に発令したわけではないので、SPがつくこともない。その上、これは誤報だったんですが、一時的に彼女が行方不明になってしまいました。新聞報道と重なったので、かなりの大騒ぎになりました」

「なるほど、その辺の事情は、よく、わかりました。しかし、そのシャリー・杉山・ケイコという次期駐日大使の女性は、一人で『ななつ星』に、乗っているわけではなくて、外務省の職員が、一緒に乗っているんでしょう？　それであれば、別に問題はないんじゃありませんか？」

と、十津川は、いった。

「シャリー・杉山・ケイコさんに、同行しているのは、川合麻里子《かわいまりこ》といううちの、女性職員です。彼女は、アメリカの大学に、留学した経験もありますから、英語は堪能で、柔道と空手の、有段者でもあります。まだ三十代になったばかりの、若さですが、ひじょうに優秀な職員です。私も、彼女のことは、信頼していますが、何といっても、たった一人ですから、少しばかり心配になってきましてね。だからといって、慌てて、シャリー・杉山・ケイコさんを、強引に東京に連れて帰るというわけにも、いきません。それで、どうしたらいいのかを、三上刑事部長に相談に伺ったのです」

と、安藤局長が、いい、三上が、それを、受けるような形で、

「十津川君、つまり、そういうことだ。わかっただろう？」

「ええ、よく、わかりました」

「だったら、今からすぐ、九州に行ってくれ。前もって断っておくが、もちろん、これは、仕事だが、ある意味、仕事ではない。だから、警視庁の刑事としてではなく、ただの、旅行者の一人のつもりで行動してもらいたいのだ。そして、次期駐日大使のシャリー・杉山・ケイコさんの、警護に当たってほしい」

三上刑事部長が、いった。

「それは、構いませんが、今から行っても、『ななつ星』には、乗れないのではありませんか？　私がきいたところでは、定員が三十名しかなく、いつも満員だそうですから」

と、十津川が、いった。

「それはわかっている。こちらでも、ＪＲ九州に、内密に話を通したのだが、君一人を、今から、『ななつ星』に無理に乗せてもらうことはできないそうだ。だから、君は、一人の旅行者として、向こうでレンタカーを借り、『ななつ星』を追いかけて、警護に当たってほしいのだ。ＪＲ九州の説明では、乗客に、とにかくゆったりとした、静かな旅行を、

楽しんでもらうのがモットーなので、『ななつ星』の運行は、スピードはあまり出さないらしい。夜間に走る時も、五十キロ以下だといっているから、尾行そのものは、それほど、難しいとは思えない。それに、あと二日で、『ななつ星』は、博多に戻って終了だ。だから、この二日プラス東京までを警護してくれればいい」

三上が、いった。

「わかりました。これからすぐ九州に、向かいますが、出発する前に、一つだけ確認しておきたいことがあります」

「何だね？」

「現在、『ななつ星』に乗っている、このシャリー・杉山・ケイコさんと、同行している外務省の女性職員、たしか、川合麻里子さんでしたね？」

「ああ、そうだ」

「向こうに、着いても、この二人には、連絡を取らないで、私一人が、単独で行動する。つまり、そういうわけですね？　警視庁の刑事が警護に当たっているというのは、まずいわけでしょう？」

「その通りだ。二人には、君が警護をしていることは、絶対に、気づかれないようにしてほしい。何よりも、本人が、今の段階では、大げさな警護は、絶対に止めてほしいと、こちらの、安藤局長にも、強くいってきているというからね。その点を、くれぐれも、注意してくれたまえ」

と、三上が、いった。

3

十津川はすぐ、タクシーを、羽田空港に飛ばし、宮崎行きの、全日空の最終便に乗ることができた。

十津川は飛行機の中で、空港で買った何紙かの夕刊に、目を通した。どの新聞も、一面に大きく載せていた。そこには、シャリー・杉山・ケイコの経歴も、載っていた。

彼女は、現在三十六歳である。父はスペイン系のアメリカ人で、アメリカンKKというサンフランシスコに、本社のある大手電子メーカーの、社長である。

祖母は、日本人の元華族である。一人娘であるケイコは、ニューヨークで生まれ、ロサンゼルスの、大学を優秀な成績で卒業した後、アメリカの国務省に入った。現大統領とは学校の先輩・後輩の関係であり、遠い親戚にも当たる。

外務省の安藤北米局長は、正式に、シャリー・杉山・ケイコが、次期駐日大使と決まったので、警護を手厚くするため、警視庁に相談に来たといっていた。

しかし、それだけで、警視庁捜査一課の、警部である十津川が、わざわざ九州に行くことになるとは、本人の、十津川も思ってはいなかった。

安藤の話では、今日、由布院で、シャリー・杉山・ケイコが、一時的にではあるが、姿が見えなくなり、それで、大騒ぎになったという。

しかし、結果的には、別に、何事もなかったと、安藤は、いっていたが、本当は、何かあったのではないかと、十津川は、推測していた。

だからこそ、急遽、プロの、捜査一課の刑事に、彼女の警護を、頼もうという気持ちになったのではないのか？

夕刊を読み終わると、十津川は、これも、空港の売店で買ってきた、「ななつ星」の写真集を、取り出して、ページを繰っていった。

「ななつ星」は、今、豪華寝台列車として、人気を集めている、列車である。

ＪＲ九州の列車だから、走っているのは、九州の中だけで、1号車と2号車は、サロンカーになっており、食事が終わると、夜はバーになるという。また、3号車から7号車までが、客車で、全車両とも個室タイプの、寝台車である。

定員はおよそ三十人。料金は、二十万円くらいから、もっとも高価な部屋は百万円以上と、かなり高いのだが、それでも、人気になっていて、なかなか予約が、取れないのだということ。

安藤北米局長の話では、寝台は、最後尾の7号車にデラックススイートがあり、本来であれば、シャリー・杉山・ケイコには、このデラックススイートに乗ってもらおうと思っていたのだが、急な話だったので、デラックススイートが取れなくて、4号車のスイートルームを取ったという話だった。

それだけ、簡単には乗れないということだろう。

しかし、警備することを考えると、そのほうが心配が少なくて済むと、十津川は、思った。

乗客は三十人ほどだが、その乗客に対するもてなしは細かいようだから、それだけでも、もし、誰かが、シャリー・杉山・ケイコを誘拐しようとしても、難しいことになるだろう。

十津川は、写真集を見ながら、そんなことを考えていた。

それに、いろいろと問題のある国であれば、そこに行く大使、領事などは、つねに誘拐やテロの危険と隣り合わせになっているかもしれないが、日本のように政情も安定している国で、そこに勤める大使や領事が誘拐されたとか、犯罪に巻き込まれたという話を、十津川は、今までに一度もきいたことがなかった。

十津川の乗った飛行機は、やがて宮崎空港に着いた。

そこから宮崎駅に行くと、駅の構内にも、明日、「ななつ星」が到着するというポスターが何枚も貼られていた。

十津川は、宮崎駅の中にあるホテルにチェックインした。

その後すぐ、携帯電話で、三上刑事部長に連絡を取った。

「十津川です。ただ今、宮崎に着き、ホテルにチェックインしました。明日の午前十時頃、『ななつ星』は宮崎駅に到着し、希望者は専用のバスで、宮崎市内の観光をする予定になっているそうです。こちらは以上ですが、『ななつ星』のほうでは、何か問題は起きていませんか？」

と、十津川が、きくと、

「いや、今のところ、特に問題はない。外務省からの報告でも、『ななつ星』は、何事もなく順調に、ゆっくりと宮崎に向かっているということだった」

「部長、一つだけ質問してもよろしいでしょうか？」

と、十津川が、いった。

「何が知りたいんだ？」

「新聞の一面には、シャリー・杉山・ケイコさんが、次の駐日大使に決まったという記事が大きく載っていましたが、まだ正式には、駐日大使に就任したわけではありませんよね？」

「ああ、そうだ。正確にいえば、現在は、あくまでも内定ということで、まだ駐日大使に就任したわけではない。正式に発令があるのは一週間後の予定だ」

「なるほど。それで、まだ正式な駐日大使にはなっていないということで、警察のほうでも、表立ってSPを護衛につけられないというわけですか？」

と、十津川が、きいた。

「その通りだ。現職者が駐日大使として、日々の職務を、実行しているわけだからね。その現職の駐日大使を差し置いて、彼女に、おおっぴらに、SPをつけるわけにはいかない。だから、密かに、君に、警護を頼んでいるんだよ」

と、三上が、いった。

4

翌日、十津川は、ホテルの中で朝食を済ませると、すぐ宮崎駅前の営業所に行き、レンタカーを借りた。それを宮崎駅前に停めておく。

そこには、「ななつ星」と全く同じ色をして、同じマークの入ったオシャレなバスが停車していた。

午前十時、定刻通り、「ななつ星」が宮崎駅に到着した。

さすがに話題となっている人気の豪華列車というだけあって、宮崎駅の構内には、カメラを構えた大勢の鉄道マニアが詰めかけ、「ななつ星」を迎えた。

焦げ茶色の車体を光らせながら、七両連結の列車が、静かにホームに入ってくる。

かなり大きく感じられるのは、車高が高いからだろう。

列車がホームに停車すると、専用バスに乗って宮崎市内観光を希望する乗客が、ゾロゾロと客車からホームに降りてきた。

定員は約三十人だというが、バスに乗るために列車から降りてきたのは、全部で二十人くらいだった。

その中には、新聞で見たシャリー・杉山・ケイコの顔もあった。

彼女と腕を組むようにして歩いているのは、安藤北米局長が話していた川合麻里子という外務省の職員だろう。

シャリー・杉山・ケイコは、新聞に顔写真が大きく載ってしまったので、彼女が次期駐日大使であることを知って、列車と一緒に彼女をカメラに収めようとしている人々の姿もあった。

しかし、宮崎駅の構内には、新聞記者らしい姿は一人も見られなかった。おそらく、まだ正式には、駐日大使にはなっていないからだろう。

観光のバスに乗らなかった乗客は、「ななつ星」に残り、車内でピアノの演奏やティータイムを楽しむのだろう。

バスが出発する。

十津川はレンタカーに乗り込んで、バスを追った。

バスによる宮崎観光は、約四時間が予定されている。

バスのナンバープレートを見ると、七番になっている。もちろん、七というのは、「ななつ星」の七で、そこまで凝っているということなのだろう。

十津川は仕事で、これまで、宮崎には何度か来たことがあるが、今日のような妙な仕事で、訪ねてきたのは初めてである。

真っ青な空と真っ青な海。宮崎は、どこか懐かしい感じのする町である。

バスは日南《にちなん》海岸を走り、最初に神話で有名な青島《あおしま》神社に到着した。

バスから降りてきた乗客たちが、神社に参拝したり、瓦《かわら》を投げて吉凶を占ったりしている。

十津川もレンタカーから降りて、彼らと一緒に、神社の中を歩いた。

相変わらず、シャリー・杉山・ケイコと一緒に、写真を撮ろうとする乗客もいたが、その数はそれほど多くはなかった。

シャリー・杉山・ケイコ自身も、外務省の川合麻里子と一緒に海をバックに、お互いに写真を撮り合ったり、神社でおみくじを引いて喜んでいる。いかにも、リラックスしていることが見て取れた。

そんな二人の様子を見ていると、特に緊張した空気を、十津川は感じなかった。

昼食は、宮崎市内の、料亭だった。かなり有名な料亭らしいのだが、十津川の知らない名前の店である。

そこでは全員で、記念写真を撮っている。写真を撮っているのは、「ななつ星」の専属カメラマンらしかった。

宮崎市内を観光している間に、十津川は、一行の中の一人から執拗に、カメラで狙われていることに気がついた。

どこにでもいるような、平凡な感じの中年男である。他の乗客は、それぞれ勝手にカメラを構えたり、歩き廻っているのだが、その男だけは、なぜか、カメラを、十津川に向けてくるのである。

(何者なんだろう?)

と、思いながら、十津川は、こちらも、その男にカメラを向けて、撮りまくった。

そのうちに、男は、急にカメラをポケットにしまって、バスに戻っていった。

十津川は、少しばかり、いい気分になり、車に戻ると、「ななつ星」のパンフレットを調べた。

宮崎観光の間に、列車は、次の停車駅、都城《みやこのじょう》に移動していることになっている。

都城の近くまで、移動しているのだ。従って宮崎観光を楽しんだ乗客を収容したバスは、都城に向かう。

十津川は、レンタカーで、そのバスを追い、都城駅で、乗客が、バスから、「ななつ星」に戻るのを確認した。

列車の中では、夕食が始まり、それが済んでから、動き出すのだろう。十津川は、コンビニで買ってきた弁当を食べ始めた。

三十メートルほど離れた、都城駅に停まっている「ななつ星」は、煌々《こうこう》と明かりがついている。かすかに、ピアノの音が聞こえてくる。これから、豪華な夕食が始まるのだろう。パンフレットどおりなら、今日の夕食は、大分の老舗《しにせ》料亭の和食である。

十津川の方は、簡単に弁当を食べ終わると、これもコンビニで買ってきた伊藤園のお茶を飲みながら、ふと、

(いつか、妻の直子《なおこ》を、「ななつ星」に乗せてやりたいな)

と、思った。

5

宮崎でも、大三郎は、母親の松枝ひとりを観光のバスに乗せて、自分は、列車に残り、1号車のラウンジカー「ブルームーン」で、ティータイムを楽しんだ。

(このままでは、何事も起きそうにないな)

と、大三郎は、思うのだが、その一方で、

(何か起きなければ、おかしいのだ)

とも考えていた。

(絶対に、何か事件が起きなくてはおかしいのだ。だから、絶対に、何か事件が起こるはずなのだ)

大三郎は、自分に、いい聞かせていた。

大三郎は、「ななつ星」を、予約していた夫婦を脅かして、自分たち、つまり、自分と母の松枝が、その夫婦の代わりに、強引に、「ななつ星」に乗り込んだと、思い込んでいたのである。

ところが、いざ実際に、二人で、「ななつ星」に乗ってみると、逆に、自分たちが罠にはめられたのではないかと、気がついた。何者かが、大三郎と母の松枝を、「ななつ星」に、誘い込んだのではないかと、疑い始めたのである。

その上、他人の客室に、忍び込んだところを、まんまと写真に、撮られてしまった。大三郎は、完全に、何者かの仕掛けた罠にはまったのである。

大三郎と母親を罠にはめたのは、いったい、どんな素性の人間なのか、どんなことを考えている人間なのか、肝心のことが全くわからないが、ただ、大三郎と母親の松枝を、何かに利用しようとして、まんまとワナにはめ、「ななつ星」に、乗せたのである。それだけは間違いないと、大三郎は確信していた。

したがって、ただ、乗せただけではないと、大三郎は、思っている。おそらく、相手は、自分と、母親を何かに利用しようと考えてのことに違いないのだ。

犯人は、自分たちを、どう利用するつもりなのか？

大三郎が想像したのは、「ななつ星」の車内で、誰かが、何か事件を起こして、その犯人に、大三郎と母親の松枝を、でっち上げようと考えているのではないかということだった。大三郎には、そのくらいのことしか思い浮かばなかったが、この考えが間違っているとは、思えなかった。

したがって、大三郎に、してみれば、「ななつ星」の車内か、「ななつ星」が停車した場所の、どちらかで、何か事件が、起きることになっているのだろう。その時こそ勝負だと、大三郎は思っていた。

しかし、今のところ、何事も、起きてはいないのである。

あと二日で、この豪華列車の旅も、終わりである。それなのに、なぜ、何も起きないのだろうか？

都城駅を出発した「ななつ星」は、約一時間で隼人駅に到着。ここからは例のバスで、霧島《きりしま》に向かうことになる。

四泊五日の列車旅行の中で一日だけ、乗客たちが、「ななつ星」の車内ではなく、外のホテルに宿泊する予定が、組まれている。それが霧島での宿泊だった。

霧島に用意されているホテルは三軒だった。あらかじめ用意された形で、この三軒に分散して宿泊する。

「ななつ星」のデラックススイートを利用している乗客には「天空の森」という高原にあるホテルが準備されて、ほかのスイートを利用している乗客に対しては「妙見石原荘」というホテルと、「雅叙苑」というホテルに部屋が用意されている。

用意されたバスで、乗客は、それぞれ割り振られたホテルに分かれて、今夜は、そこに宿泊することになっている。

「ななつ星」の中でいちばん豪華な客室は、7号車のデラックススイートである。ほかは、車両に二人部屋が三つずつ造られているが、7号車の場合は、デラックススイートの客室が、一車両に二つである。当然、料金も高く設定されている。

（これがつまり、いい意味の差別化というやつか）

と、十津川は、思った。日本も、そうなっていくのだろうか。

シャリー・杉山・ケイコは、もっとも、ランクの高い「天空の森」ではなくて、「妙見石原荘」に割り振られたので、十津川は、レンタカーをそのホテルに向け、近くに駐車し、彼自身も同じ「妙見石原荘」にチェックインすることにした。万一の時には、シャリー・杉山・ケイコのそばにいる必要があると、思ったからである。その夜、どのホテルでも、事件は起きなかった。

翌朝、「ななつ星」の乗客たちは、それぞれに泊まったホテルで朝食を済ませた後、「天空の森」に集まって記念の植樹を行うことになっていた。

その後、乗客たちが列車に戻ると、「ななつ星」は、鹿児島中央駅に向かった。

十津川は、レンタカーを運転して、列車の後を追った。

十津川が、感心したのは、九州の各地で見られる、「ななつ星」に対する熱狂的な歓迎だった。どこの駅でも、「ななつ星」に向かって一所懸命手を振っている人たちが、必ずいたし、時には、その地域の小学生が手に手に小旗を持って、「ななつ星」を出迎えたり、中学生がブラスバンドを率いて、歓迎の曲を演奏したりした。

(これだけ多くの人たちに見られている感じだと、「ななつ星」の車内や、その周辺で、何か事件を起こそうとするのは、難しいかもしれないな)

と、思ってしまう。

鹿児島中央駅に向かう「ななつ星」は、時刻表の関係か、時々、停車した。

昼食の時にも停車し、停車時間は、三時間近くあった。

おそらく、「ななつ星」を、運行しているＪＲ九州も、急ぐ旅行よりも、ゆったりした時間にぜいたくな旅行を提供したいと考え、スピードよりも、揺れない速度で走ることを、まず第一に、心がけているのだろう。もちろん、乗客たちも、そんなノンビリとした旅を心から楽しんでいるようだった。


2号車（ダイニングカー）窓際で昼食をしている時、母の松枝が、大三郎に、

「この線路に並行している道路が、あるだろう？　そこにさっきから、ずっと、変な車が停まっているんだよ、あの車、ちょっとおかしくないかい？」

と、小声で、いった。

こちらの列車は停車して、昼食中である。母の松枝がいっているのは、そこから、たぶん五、六十メートル離れた県道のことだろう。こちらの「ななつ星」に、並行するように、県道に停まっている一台の車があった。よく見ると、トヨタの、クラウンである。

「あれは、レンタカーだよ。たぶん、この『ななつ星』の写真を、撮りたくて、鉄道マニアが、レンタカーで、追いかけてきてるんだろう」

と、大三郎は、いう。

「そういえば、さっきは、バカでかい望遠レンズで、こっちを盛んに狙っていたわよ。あれは、こちらの列車の写真を撮っているのかね？」

と、母が、いった。

「いい写真が撮れると、それが、結構いい値段で売れるという話をきいたことがある。たぶん、それを目的にした人間が、『ななつ星』の写真を、撮っているんじゃないか。いずれにしても、あそこにいるのは鉄道マニアだな」

と、大三郎が、いった。

「そうかもしれないわね。でも、何となく、あの車はおかしいわよ。鉄道マニアなんかじゃないような気がする」

と、母が、いった。

「どうおかしいんだ？」

「宮崎で専用バスに乗って、観光に行ったでしょう？」

「ああ」

「あの時、あんたは行かないで、列車に残っていたけど」

「それがどうしたんだ？」

「バスに乗っていたら、同じ車が、ずっと、バスのあとをついてきたんだよ。青島神社でバスを降りたら、あの車から四十歳くらいの男が下りてきて、私たちの写真をやたらに撮っていたわ。鉄道マニアなら、バスや私たち乗客の写真なんて、撮っていないで、『ななつ星』の写真を、撮ろうとするんじゃないの。だから、変だなと思ってるんだよ」

と、母が、いう。

「それが本当の話だとしたら、たしかにおかしいな」

大三郎は、改めて、停まっているトヨタのクラウンに目をやった。

「ひょっとすると、警察の車かな？　しかし、あれは、どう見たってレンタカーだ」

「警官は、レンタカーには、乗らないものなの？」

と、母親の松枝が、きいた。

「絶対に、乗らないとはいわないけどさ、警察には、覆面パトカーといってね、パトカーには見えない普通の車のような、特製のパトカーがあるんだよ。だから、尾行はたいてい、その覆面パトカーでするんだ。でも、絶対に、レンタカーを、使わないとは断言できないけどね。あれに、もし、刑事が乗っているとすると、いったい、こっちの誰を見張っているんだろう？　まさか、俺を見張っているというわけじゃないだろうな」

と、大三郎が、いった。

昼食が済んで一時間ほどして、「ななつ星」は、鹿児島中央駅に、向かって、ゆっくりと動き出した。

第四章　女の経歴

1

「ななつ星」は十五時に鹿児島中央駅に着いた。

駅からは、専用バスを使っての市内観光である。行き先は仙巌園《せんがんえん》、沈壽官窯《ちんじゆかんがま》のどちらかを選択することになっていた。薩摩焼で有名な沈壽官窯では、絵付けの体験をするスケジュールが組まれていた。

夕食は、仙巌園の中にある御殿で饗される鹿児島の郷土料理ということになっていたので、大三郎は、全員がバスで、観光に行くものと思っていた。

それでも、観光には行かず、「ななつ星」の中に残るという人が四、五人いた。おそらく、仙巌園にも沈壽官窯にも、前に行ったことのある人たちだろう。観光に行かなくて、列車に残っていても室内の造りや、通路の飾りを見るだけでも楽しいようにできているのだ。

大三郎は母親の松枝と一緒に、仙巌園のほうに行くバスに、乗った。仙巌園は初めて訪れる場所だった。

大三郎は四泊五日の旅行中、この列車内で何か事件が起こるに違いないと、密かに思っていたのだが、ここまでは事件らしい事件は、何も起こらず、いよいよ、鹿児島の観光が、最後である。この後は阿蘇を通って、博多駅に戻って、この四泊五日にわたる豪華列車の旅は、終わりということになっている。

（いよいよ旅行も終わりか。それにしては、なぜかおかしい）

と、思った大三郎は、今回は、ほかの乗客と一緒に、仙巌園の観光に行くことにしたのである。

鹿児島中央駅から車で二十分ほどのところにある仙巌園は一六五八年、島津光久《しまづみつひさ》によって築かれた、鹿児島藩主島津家の別邸だったといわれる。錦江湾《きんこうわん》や桜島《さくらじま》を庭園の景観に取り入れた雄大な景色が、最大の魅力になっている。

大三郎は、各地の藩主の別邸や別荘を見に行くことが、時々あるのだが、生まれつき、ひねくれている男だから、そうした豪邸を見ても、感心することは、ほとんどといってい

いほどない。思うことといえば、せいぜい、

(贅沢をしやがって)

ということぐらいである。

だから、以前、ある藩主の別荘を見に行った時には、あろうことか、壁にチョークで落書きをして捕まり、警察で、こってり油を、絞られてしまった。

次の駐日大使に、内定しているシャリー・杉山・ケイコは、大三郎たちの乗ったバスの中にいなかった。

どうやら、今回の旅行中に、一時行方不明になったことがあって、それを心配した、同行している外務省の女性職員、川合麻里子と一緒に、「ななつ星」に残ることにしたのだろう。

仙巌園に到着した大三郎は、仙巌園の景色の素晴らしさよりも、一人の男に、注意を奪われていた。

ほかの乗客から、一〇〇五番さんと呼ばれている男である。

この「ななつ星」に、乗りたくて、キャンセル待ちをしていたのだが、その時の番号が一〇〇五番だったという男である。その番号では、「ななつ星」に、乗るのは、とても無理だろうと思っていたら、たまたまキャンセルが、相次いだのだろうか、今回の旅行に、

参加できたという幸運な男である。

もちろん、ちゃんとした名前があるはずなのに、ほかの乗客はみな、この男のことを一〇〇五番さんと、呼んでいる。

男自身が、自分が幸運だったことを、列車内での食事の時やバーで、寛《くつろ》いでいる時に口にしていたので、自然に、ほかの、乗客が彼を一〇〇五番さんと、呼ぶようになったのである。

だから、大三郎も大三郎の母、松枝も、その男のことを、一〇〇五番さんと呼んでいたが、大三郎は、この男を、何となく、胡散臭《うさんくさ》い男だと思っていた。大三郎自身も、かなり胡散臭いのだが、大三郎は、自分と同じ匂いを、その一〇〇五番と呼ばれる男に感じてしまうのだ。

大三郎はキャンセル待ちではなしに、四泊五日の「ななつ星」の旅行に参加したくて、すでに、旅行の決まっていた夫婦からその権利を、無理やり奪い取ったのだが、一〇〇五番という男のほうは、キャンセル待ちでうまく乗るチャンスをつかんだので、今回の旅行に参加することができたと、ほかの乗客たちに、いいまくっている。

しかし、「ななつ星」の客車は、全てが、ツインになっていて、一人用の、客室はない。もちろん、その客室に一人で乗っても構わないのだが、一〇〇五番の客室には、もう一人、六十歳くらいの男が、乗っていることが、わかっている。

二人の様子を見ていると、一〇〇五番のほうから、やたらに、馴れ馴れしく、話しかけたりしている。それが、どうも、怪しく感じるのだ。

約三時間の、鹿児島市内の散策が、終わると、仙巌園の御殿での、夕食になった。沈壽官窯のほうでは絵付けの体験もあって、こちらに参加した乗客も仙巌園の御殿に合流して、全員で薩摩の、郷土料理の夕食を、取ることになった。

夕食に使われている食器のほとんどは、薩摩の誇る薩摩切子《きりこ》のガラスである。食器も素晴らしかったが、料理の味も、申し分なかった。

満足した、乗客たちが列車に戻ったのは午後九時頃で、午後十時頃になると、列車は、阿蘇に向かった。

列車が走り出してしばらくすると、大三郎は母親の松枝を誘って、カウンターで飲むことにした。

この後、乗客は最後の停車駅、阿蘇駅で朝食を取った後、終点の博多に戻る。そう考えると、四泊五日の旅は、ほとんど終わったのである。だからか、1号車にも2号車にも、乗客が、次々に集まって来て、旅行中に顔なじみになった者同士が、それぞれ会話を、楽しんでいた。

それでも、深夜の〇時近くになると、乗客たちも、疲れたのか、自分たちの部屋に戻っていった。

大三郎も自分たちの客室301号室に、戻ると、何か、考えながら、しきりに首をひねっていた。

母親の松枝が、そんな大三郎の様子を心配して、

「いったい、どうしたんだい？　さっきから妙に、考え込んでいるじゃないか？　お前らしくないよ」

「おかしいんだ。とにかく、何かがおかしいんだよ」

と、大三郎が、いう。

「何がおかしいの？」

「今回の、四泊五日の、『ななつ星』の旅行がだよ。どこがと、はっきりとは、いえないんだが、何となく、おかしいんだよ」

と、大三郎が、いった。

「そうかね、私は別に、どこも、おかしいとは思わないけどね。だから、十分、今回の旅行を楽しんでいるわよ。食事はおいしいし、車内は、凝った造りだし、1号車で飲んでいると、ピアノの演奏が、あったり、ヴァイオリンを、弾いてくれたり、結構楽しんでます

よ」

と、母の松枝が、いう。

「俺たちは、最初は夫婦者をうまく騙して、この豪華列車に乗ることができた。そう思っていたんだが、実際は、違っていた」

「何が違っているの？」

「俺たちは、誰かに乗せられたんだよ。誰が、こんな真似をしたのか分からないが、俺たちをこの列車に、乗せたヤツは、俺たちを何かに、利用しようと考えているんだ。そうでなければ、俺たち二人を、この『ななつ星』に乗せるわけがない。そう思って、いろいろと考えてるんだが、とうとう最終日になってしまった。俺は今だって、誰かが、俺たちを罠にかけて、ななつ星に、乗せたんだと思っている。それなのに、ここまでのところ、罠にかけられたという実感が全くないんだ。だから、おかしいと、いっているんだよ」

「そのことなら、確かにおかしいと思っているよ」

と、松枝は、一瞬、考え込んでから、

「もしかしたら、こういうことじゃないのかしらね。お前がいうように、たしかに、誰かが、私たちを、この『ななつ星』に、乗せたんだよ。もちろん、私たちを利用しようと思ってだよ。でも、その契約か予定が、どうしてだかわからないけど、途中で、ポシャったんじゃないかしらね。だから、事件らしいことは、何も起こらないし、私たちは別に利用されることもなく、旅行を楽しんでいる。つまり、そういうことじゃないかしらね？」

「そうだな。たしかに、このままだと、そう考えるよりほかに、仕方がないのかもしれないな」

と、大三郎が、いった。

これから先は、阿蘇駅に着いて朝食を摂り、その後は、まっすぐ、終点の博多駅である。そこで、四泊五日の豪華列車の旅は、終わるのだ。

「お前は、どんな事件が、起こると思っているんだい？」

と、松枝が、きいた。

「最初は、例の、池田夫妻が乗っているので、ヤツが、この列車の中で、何か大きな取引をするんじゃないかと思ったんだ。池田という男は、表向きは、まっとうな骨董商ということに、なっているんだが、実際には、盗品を安く買い叩き、高く売りつけたりして、大きな利益を上げているという、とんでもない、悪党だからな。それに、俺は、池田の部屋に忍び込んで、逆に、写真を撮られてしまった。それでますます、池田が絡《から》んだ大きな取引が、この列車内で、行われて、その犯人に、俺たちを仕立てあげるつもりだろうと思っていたんだが、池田の動きを見ていると、この列車内で、大きな取引をするとは思えなくなってきた」

「それじゃあ、お前は、いったい、何が心配なんだね？」

「その次に、シャリー・杉山・ケイコという次期駐日大使に、内定したアメリカ女性が、外務省の女性職員と一緒に、乗っていることがわかった。彼女のほかには、大物といえるような乗客は、見当たらないから、俺は、この女性が、列車内で誘拐されるんじゃないかと思ったんだ。現に、彼女が一時、行方不明になって、大騒ぎになったことがあったじゃないか？　結局、あれは間違いだとわかったんだが、列車内には、彼女以上に大きな事件の被害者に、なりそうな人間は、いないはずだろう？　だから、俺はそれとなく、シャリー・杉山・ケイコという女性をマークしていたんだ」

「でも、あの女は事件の的には、ならないと、思うよ」

と、松枝が、いった。

「どうして？」

「だって、アメリカという国は、世界中に、大使を、送っているわけだろう？　日本だって同じように、世界中に、大使を送っているけど、その中で、大使が、一人ぐらい誘拐されたって、誰も知らない人物だろう。今もいったように、世界中にいる、アメリカの大使の一人にしか、過ぎないんだから、彼女が、何か特別な女性、例えば、世界一の大富豪の一人娘だとか、超有名な女優だとかなら、もちろん、話は違ってくるけどね」

いやに冷静な口調で、松枝が、大三郎に、一方的な考えを話した。

2

そのうち、大三郎は、疲れて、眠ってしまった。

乗客のために、夜になると、時速五十キロ以下の速度で、走っている「ななつ星」は、ほとんど揺れなかった。

そのためか、大三郎は、目を閉じるとすぐに眠ってしまったのだが、しばらくして、目を覚ますと、窓の外は、すでに、明るくなっていた。

阿蘇特有のなだらかな草原が、大三郎の目に、飛び込んでくる。

そこは、豊かな牧草地のように、見えるのだが、放牧されている牛は、簡単に数えられるほど少なかった。放牧の時間というのがあるのだろうか？

そんなことを大三郎が、考えているうちに、列車はスピードを落とし、最後の停車駅、阿蘇駅に、到着した。

ホームの中には、「火星《かせい》」と名づけられた木造りの食堂が、「ななつ星」の乗客のために、作られていて、食堂の中で、朝食の準備が進んでいるのが見えた。

ホームの反対側には、貨物列車が、停まっていた。こちらの列車が、わずか七両連結なのに比べて、ホームの向こう側に停まっている列車は、二十両近い貨物が、連結されていて、最後尾の車両は、ホームから、はみ出していた。

車内放送があって、乗客たちは、ゾロゾロとホームに降り、「火星」と名づけられた、食堂の中に入っていった。

真新しい木造建築の食堂である。木の香も爽やかな食堂だった。

メニューは、地元の食材を用い、地元の料理人が作った、朝食である。

これが最後の、食事になるということで、食べる前に、わざわざ写真に撮っている乗客もいる。

朝食が済むと、出発までには、しばらく時間があるというので、草原を見るために、ホームから、外に出て散策に出かける乗客もいた。

母の松枝も、みんなと一緒に、草原を見に行くといって、駅を離れていってしまったが、大三郎は、今さら、草原の空気を吸いに行っても、仕方がないと思い、列車に戻って、ベッドに横になった。

レストラン「火星」での朝食の後、列車は二時間余り、ホームに停まっていて、その後で博多に向かって、出発するという。

(けっこう長く、停まっているのか)

と、思いながら、大三郎はベッドに寝転んだまま、窓からレストラン「火星」を眺めたり、写真を撮ったりしていたが、そのうちにまた眠ってしまった。

3

騒がしい物音や人の声で、大三郎は目を覚ました。

通路を、慌《あわ》ただしく走る足音もきこえてくる。

何か起きたらしい。

大三郎は起き上がると、ホームに、降りてみた。

ホームでも、レストラン「火星」のシェフや従業員、それに、「ななつ星」のクルーも一緒になって、何か騒いでいる。

そのうちに、パトカーのサイレンがきこえてきた。

大三郎が、客室からホームに出て、辺りの様子をうかがっていると、母親の松枝が、近づいてきた。

「何だか、大変なことが起こったらしいよ」

「どうしたんだ？」

「何でも、あの、ハーフの美人さんが、また、どこかに、姿を消してしまったんだって。みんなが大慌てで、探しているんだよ」

と、松枝が、いう。

「ハーフの美人さんって、次期駐日大使のシャリー・杉山・ケイコのことか。彼女の姿が見えなくなったのは、これで、二回目だろう？　今度は、本当にいなくなったのか？」

「どうやら、今度は、本当らしいよ。だから、皆さん、こうやって大騒ぎしているんだよ」

と、松枝が、いった。

いったい、どんなふうに、消えてしまったのか、大三郎は、母親の松枝にきいてみた。母親は、詳しいことを、何も知らないらしく、説明してくれても、よくわからない。

そこで、大三郎は、クルーの女性に、きいてみることにした。

「シャリー・杉山・ケイコさんという女性がいなくなったらしいね？」

「これから、博多に向かって出発しようという時になって、次の駐日大使の女性と一緒に旅行している、外務省の職員の川合麻里子さんが、青い顔をして1号車にやって来て、大きな声で、叫んだんですよ。ケイコさんがいなくなった。そういったんですよ。何でも、部屋で、休んでいたシャリー・杉山・ケイコさんが、ホームのレストランで朝食をとるのが、イヤだというので、彼女、レストラン『火星』に行って、お弁当を作ってもらったんですって。そのお弁当を持って、客室に戻ったら、もう、シャリー・杉山・ケイコさんの姿がなかったというんです。それから大騒ぎになって、クルー全員で、駅の周辺を探してみたんですけど、どうしても、見つからないのです」

「たしか、由布院でも一時、行方不明に、なったことがありましたよね？」

「ええ、あれは、シャリー・杉山・ケイコさんが、黙って一人でトイレに行って騒ぎになったんでしたけど、今度の場合は、ちょっと、様子が違うようですよ。とにかく全員で探したけど、見つからないんです。それに、シャリー・杉山・ケイコさんは、携帯電話を持っているんですけど、川合麻里子さんが、何度電話をかけても、全然つながらないんですって」

「つながらないって、呼び出し音は鳴っているのに、彼女が、電話に出ない。そういうことですか？」

「そうではなくて、電源が切れているのか、それとも、誰かが、携帯電話を壊してしまったのか、つながらないそうです。留守番電話にもならないみたいです」

と、クルーの女性が、いった。

その時、パトカーが二台、駅前で停まった。二台とも、熊本県警のパトカーである。

そのパトカーから降りてきた刑事たちは、ホームのレストラン「火星」の店内や、「ななつ星」の車内で、「ななつ星」の、乗客や乗務員の事情聴取を、始めた。

もちろん、乗客の一人として、大三郎も、母親の松枝と一緒に、事情聴取を受けることに、なった。

刑事たちの口調は慎重で、優しかった。おそらく、「ななつ星」という、豪華列車の乗客だから、丁寧に扱おうということに、なっているのかもしれない。

しかし、大三郎にしてみれば、奇妙な雰囲気の、事情聴取だった。

大三郎は、東京では、いろいろと、彼に対する悪いウワサがあって、刑事に捕まると、いつも、最初から容疑者扱いされて、そのたびに、刑事の態度に、どうしても、腹を立ててしまうのだが、さすがに、「ななつ星」の乗客の一人だからかなのか、大三郎に対する刑事の扱いも、極めて丁寧だった。

だから、大三郎のほうも、

「オフクロが、死ぬ前に一度、どうしても、『ななつ星』に乗って、旅行がしたいというものですから、手を回して、やっと乗ることができました。しかし、この『ななつ星』の車内で、こんな事件が起きるとはビックリです。夢にも、思ってもいませんでしたから」

と、殊勝な、喋り方をした。

「同じ列車に、シャリー・杉山・ケイコという次の駐日大使が、乗っていることは、ご存じでしたか？」

刑事が、きく。

「もちろん、知っていましたよ。何しろ、この『ななつ星』は、乗客の数が少ないし、1号車と2号車は、食堂車ですが、1号車はバーになるんですよ。バーがオープンすると乗客が集まってきて、お酒を飲みながら、おしゃべりを、楽しんだり、ピアノやヴァイオリンの演奏を、きいたりするんです。ですから、乗客の中に、次の、駐日大使になる女性がいることも、自然に、伝わってきていましたよ。乗客の全員が、知っていたんじゃありませんか？」

「由布院の市内見物の時に、シャリー・杉山・ケイコさんが、一時、行方不明になったことは、ご存じですか？」

「ええ、知っています。でも、あれは、日本に、初めてやって来た彼女が、ついうっかり観光ルートではないところに、入ってしまって、一時的に、行方がわからなくなってしまったんでしょう？　いわば、迷子のようなものだったが、すぐに見つかったから、今度のような大騒ぎにはなりませんでしたよ」

熊本県警の刑事が、最後に、大三郎に向かって、

「失礼ですが、あなたの職業を、教えていただけませんか？」

「職業は」

と、いって、大三郎は、次の言葉に、詰まってしまった。

今のところ、大三郎には、定職といえるようなものはない。金の匂いのするところに、首を突っ込んで、細々と、金を稼いでいるだけである。

しかし、事情聴取に当たっている刑事に向かって、そんなことを、正直にいえるはずもない。そこで、大三郎は、わざと、小さな声で笑いながら、

「私は今、田舎で小さな新聞社を、やっていますが、ほとんど、企業や資産家などからの寄付で持っているような、弱小の新聞社です。とにかく、発行部数の少ない、小さな地方新聞というのは儲かりませんね。お恥ずかしい話ですが、いつ潰れても、不思議はないくらいの小さな会社ですよ」

以前、大三郎は、地元の新聞に、あることないこと、をいろいろと書き立てられたことがあって、その小さな新聞社に、押しかけていって、記事を書いた記者と、ケンカをしたことがあった。その時の印象が、今も強く残っていたせいで、大三郎は、小さな新聞社を

やっていると、つい、刑事に答えてしまったのだ。

「一つおききしてもいいですか？」

最後に、大三郎のほうから、刑事に、質問をした。

「シャリー・杉山・ケイコさんが現在、行方不明になっていると、きいたんですが、誘拐されたらしいというウワサも、耳にしています。本当ですか？」

「いや、まだ、誘拐されたと、決まったわけでは、ありません。ただ、次の駐日大使に、なる予定の、女性ですから、同行している外務省の女性職員が、大騒ぎしていましてね。慌てて一一〇番をしてきたのですよ。つい、心配のあまりなんでしょうが、シャリー・杉山・ケイコさんが誘拐されたと、いったんです。それで、こちらも驚いてしまって、大急ぎでパトカーで駆けつけてきたのですが、調べた限りでは、今のところ、シャリー・杉山・ケイコさんが、誘拐されたと断定できるだけの、証拠は何もないんですよ。現在、調査中です」

刑事は、冷静な口調で、大三郎に、いった。

「ななつ星」は、午前九時頃には、この阿蘇駅を出発して、大分を経由し、終点の博多に、着く予定だった。

しかし、事件が、起きてしまったので、出発の予定時刻に、列車は発車せず、十二時近くなっても、列車は、阿蘇駅のホームに停車したままだった。

4

十津川は、レンタカーで、駆けつけた。すぐ、「ななつ星」の車内に向かったのだが、「ななつ星」の乗客や乗務員には、直接話を、きくことはしなかった。表立って、あれこれ調べ回ったりしないようにと、三上刑事部長から、厳しくいわれていたからである。

それでも、何とか、熊本県警に話をつけ、刑事と一緒に、事情聴取に立ち合うことができた。もちろん、熊本県警の刑事の邪魔になるようなことは、極力、抑えてである。

外務省の女性職員、川合麻里子の事情聴取にも立ち会って、彼女の話を、熊本県警の刑事の横で、きくことができた。

彼女の話によると、シャリー・杉山・ケイコは、駐日大使になるに際して、日本の風俗に接したり、日本人と旅行したいと思い、「ななつ星」に乗ることを決めたという。

その時点で、すでに駐日大使になることは内定していたのだが、しかし、正式に決まっていたわけではなかったので、外務省も、彼女が九州を走る、「ななつ星」に乗ることに、敢えて、反対はしなかったという。

今のところは、ただの、普通のアメリカの女性である。そう考えて、彼女が、誘拐などされることはないだろうと判断して、外務省では、正式なSPも付けなかった。

それで、女性職員の、川合麻里子一人だけを、シャリー・杉山・ケイコのそばに、付けたのである。

川合麻里子が、証言する。

「外務省としても、シャリー・杉山・ケイコさんが、誘拐されるというケースは、全く考えていませんでした。『ななつ星』に乗って博多駅を出発する時には、まだ、正式に駐日大使になったわけでは、ありませんでしたからね。四泊五日の旅行の終わった日に、正式に、駐日大使に就任することになっていたはずです。『ななつ星』の旅行中は、まだ、駐日大使ではなかったわけですよ。ですから、彼女が、誘拐されるとは、全く、考えていませんでした」

「しかし、万一のことも、考えられるので、あなたの上司である、外務省の局長さんが警視庁に来て、それとなく、シャリー・杉山・ケイコさんのことを、監視してくれと、頼んだんじゃありませんか？」

県警の刑事が、きく。

「ええ、それはそうですけど、今も、申し上げましたが、まさか、こんなことが、起きるなんて、外務省の誰も思ってもいませんでした。彼女自身、治安のいい日本に行くのだからといって、楽しそうにしていたんですよ」

「それで、これは、誘拐事件だとしての話ですが、犯人は、いったい何が目的で、次の駐日大使になる予定の、シャリー・杉山・ケイコさんを、誘拐したんだと思われますか？」

と、刑事が、きいた。

川合麻里子は、一瞬下を向いて考えていたが、顔を上げると、

「私には、お金目当ての、誘拐としか思えません。それ以外の理由は、今のところ、思いつきません」

事情聴取が終わったのは、午後二時を、過ぎていた。

しかし、その時間になっても、身代金を要求する犯人からの、電話もなく、誘拐とは断定できずにいた。

最後は、誘拐されたと思われるシャリー・杉山・ケイコが、どんな女性だったのかを、刑事たちが、旅行中ずっと、同行していた川合麻里子に、きいた。

「ケイコさんは、アメリカの上流家庭に、生まれています。両親はアメリカ人、祖母は日本人です。性格は明るくて、他人に優しい、思いやりのある、素晴らしい女性ですよ。頭もキレて、大学では、つねに、五番以内の成績で、卒業式の時には卒業生代表として、感

謝の言葉を述べています。卒業後は国務省に入っていますが、イギリスの駐英大使館にも勤務した経験が、あるときいています。その時、仕事に対してはつねに冷静で、何事もしっかりと把握しているので、当時の、駐英大使からも、称賛されています。今回の駐日大使就任についていえば、祖母が日本人ですから、そのこともあって、どうしても、駐日大使になりたいと、大統領に直訴したというウワサも流れています。日本の外務省としては、ケイコさんが今後の日米関係を、よりよいものに、してくれるだろうと期待しています。これは、アメリカのほうの話ですが、先方も、彼女の手腕に、期待しているようです」

「それで、本人は、何か日常の生活で、悩んでいたり、怖がっていたりするようなことは、ありませんでしたか？」

「怖がっていたというと、どんなことですか？」

「例えば、彼女に脅迫の手紙が届いたり、電話がかかって来たりしたようなことです。そうした事実はありませんでしたか？」

「私が知る限り、そういうことは、全くありませんでした。何度も申し上げるようですが、彼女は、まだ、正式に駐日大使に決まったわけではありませんでしたから、万一、誘拐だとしても、おそらく、犯人は駐日大使を誘拐したとは、思っていないのではないでしょうか？　現在の時点では、駐日大使ではありませんし、一人の、アメリカ国務省の女性職員というだけの肩書きしかありませんから」

麻里子が、繰り返す。

十津川は、ほかの、乗客の事情聴取にも、同席させてもらった。特にその中で、十津川が関心を持った乗客は、三人である。

一人は池田という、東京で骨董商をやっている男だった。十津川が、この池田という男に関心を持ったのは、いろいろと、悪いウワサをきいていたからである。

池田は骨董商といわれているが、その実は、骨董の、知識に疎《うと》い金持ちを騙して、二束三文の安い骨董品を高く売りつけている、いわばブローカーのような男だった。そのことで一度、まがい物を、高値で売りつけられた客から新聞に投書され、警察もそれについて調べたことがあったことを、十津川は、知っていたからである。

だから、もし、シャリー・杉山・ケイコが身代金目当てに誘拐されたとすれば、第一に疑わしいのは、骨董商の、池田だろうと、十津川は考えていた。

次に、十津川が、興味を持ったのは、柴田宏行という、母親と一緒に乗っている乗客だった。

熊本県警の刑事たちは、東京での、この男を知らないので、ほかの乗客と同じく、丁寧に扱っているようだが、十津川は、この男の本当の姿をたまたま知っていた。

この柴田宏行は、本名は賀谷大三郎という名で、主に、詐欺容疑で何回か、警察に逮捕されている。刑務所に入っていたこともある。熊本県警の刑事の事情聴取に対して、母親孝行のために、この列車に乗ったと殊勝なことを、いっているが、十津川には、そんな柴田宏行こと賀谷大三郎の言葉はお笑いであった。

何か、この豪華列車に乗っていれば、いいことがある。そう思って、この男は、「ななつ星」に乗っているのだろうと、十津川は、決めつけていた。

逆に、この賀谷大三郎が、次期駐日大使を誘拐したとは、思えなかった。もし、彼が誘拐したとすれば、列車に残っていることは、まずないだろう。さっさと、姿を消し、安全地帯から身代金を、要求しているはずなのだ。

十津川は、この事件について、三上刑事部長にすぐ報告した。

「今のところ、彼女の失踪が、誘拐事件なのかどうかは、はっきりしておりません。次期駐日大使になる女性が、『ななつ星』に、乗っていたことは、乗客の大半が知っていましたし、乗務員にも、わかっていましたから、誘拐だとすれば、金よりも、次期駐日大使という彼女の肩書きが、誘拐の動機になっているのではないかと、考えられます。まだ身代金を要求するような電話や手紙は、どこにも届いておりません。ですから、今は、事態の進展を見守っているところです」

「君は、今もまだ、レンタカーに、乗っているのか？」

と、三上が、きいた。

「そうです。この電話も、レンタカーの中からかけております」

十津川が、いうと、三上は、

「分かった。それでは、この後は、『ななつ星』の車内に、乗り込んで、捜査に当たれ。こちらから、熊本県警やJR九州には話しておくから」

十津川は、1号車の、ラウンジカーの車内に入り、列車の中を、調べて回ったり、乗客やクルーから、事情をきくことを開始した。

とにかく、1号車から7号車まで、全て贅沢な、造りである。

乗客たちから列車についての感想をきくと、

「JR九州なので、行き先は、九州内に限られているし、中には、すでに行ったことのあるところもあるんですが、それでも、車内が豪華なのと、食事もおいしくて、ピアノやヴァイオリンの演奏のサービスがあったりして、とても楽しい旅でしたよ。今度のような事件がなければ、もう一度乗りたいと思いますね」

と、多くの乗客が、同じような感想を、口にした。

これまでの列車の旅といえば、「遠くへ速く安全に」が合言葉だったのだが、安全ということを除けば、それまでとは反対の列車だと、十津川は思った。

とにかく、この「ななつ星」という列車は、夜は、時速五十キロ以下のスピードで走るし、食事の時でも二、三時間停車していることも多いという。

ゆっくりと、楽しみながら、列車に乗っているという旅である。列車の旅というよりも、豪華客船の旅に近いところがあると、十津川は思った。

ＪＲ九州でも、「ななつ星」の旅のことを、敢えて、クルーズといい、乗務員は、クルーと呼んでいた。

十津川は、1号車のソファに腰を下ろして、

（これほど贅沢で豪華な、旅をしているというのに、どうして、誘拐という凶悪な犯罪が起きたのだろうか？　それが、不思議でならない）

と、思った。

乗客の誰もが、この贅沢な旅を楽しんでいるというのに、今回の、誘拐事件の犯人が、乗客の中にいたとしたら、その人間だけが、ゆったりとした、時間を楽しんでいなかったことになるのではないか。

十津川は、事件の後に、いなくなった乗客がいないかどうかを、クルーに確認してもらった。今、列車は、博多に向かって走っている。この時点で、姿を消した乗客はシャリ

ー・杉山・ケイコ一人だけだという。

外務省の職員、川合麻里子には、1号車に来てもらって、十津川は、今度の事件について、改めて、彼女から話をきいた。

「こんな事件に遭遇するとは、全く考えておりませんでした」

と、川合麻里子が、いう。

「しかし、外務省の北米局長が、わざわざ、警視庁に来られて、私の上司の刑事部長に、シャリー・杉山・ケイコさんの警護をお願いしたい。ただし、本人が気がつかないように、やってもらいたいと頼まれたんですよ。それで、私はレンタカーを借りて、遠くからこの列車を、見張っていたのです。シャリー・杉山・ケイコさんが、行方不明になるまで、それらしい兆候のようなものは、何か、ありませんでしたか？」

と、十津川が、きいた。

「ケイコさんは、この、『ななつ星』での豪華旅行を、楽しんでいらっしゃいましたし、私も、彼女と一緒にいて、危険を予想させるようなことは、何もありませんでした」

「身代金目当ての誘拐という線も、あるんですが、何かほかに、彼女が、狙われる理由に、思い当たることがありますか？」

「それが、全くないんです」

「彼女は、アメリカの有力者と、つながりを持っていませんか？」

「それは、私にも、詳しいことは、わかりませんが、彼女は、大統領と同じ学校を出ているので、親しいようですし、祖母が日本人なので、その影響で、日本人の多くの知り合いがいるともきいています。だからこそ、彼女が、次期駐日大使に、選ばれたのだといえます」

「彼女が、今のアメリカ大統領と、親しいというのは、本当ですか？」

「ええ、本当です。今も申し上げたように、彼女自身、ひじょうに、優秀な女性ですし、大統領とは、同じ学校を出た先輩と、後輩の関係にあります。しかも、彼女と大統領とは、遠い親戚に、当たるので、以前から、大統領に可愛がられているという話も、きいたことがあります」

「日本人では、どうでしょうか？　例えば、どういう人たちが彼女と親しいんでしょうか？」

「日本の政界や財界などの要人が、アメリカに行って、大統領やそのほかの大臣、経済界の人たちなどと、折衝している時ですが、彼女は祖母の影響で、日本語が、堪能ですから、その場合の通訳を務めることも、多いときいています。その線を、たどっていくと、日本の総理大臣をはじめ、各大臣とも顔見知りだということは、間違いないと思いますが、具体的にどんな方と、親しいのかまでは知りません」

麻里子は、慎重ないい方をする。

「なるほど。今の川合さんのお話で、よくわかりました。ひょっとすると、今回の誘拐には、その線が、関係しているのかもしれませんね」

「その線というと、どういうことでしょうか？」

「私は、事件が、起きたときいた後、誘拐されたシャリー・杉山・ケイコさんの値打ちを、ずっと、考えていたんです」

「値打ちといいますと？」

「値打ちです。いい替えると、彼女が誘拐された理由です。私はずっと、彼女に、どれだけの、値打ちがあるから誘拐されたのか？　それを、考えていたんですよ。正確にいうと、彼女は、まだ、正式には駐日大使にはなっていません。ですから、今のところ、彼女には、これといった、値打ちはないといってもいいと思います。しかし、今、あなたの口から彼女は、アメリカ大統領と親しいし、日本の政財界の有力者にも、知り合いが何人もいるという話が出ました。それで、彼女が誘拐されたのは、駐日大使に、これからなるからではなくて、アメリカ大統領や日本の有力者たちと、親しいということで、犯人が、彼女を誘拐したのかもしれない。そんなことを考えたんですよ」

と、十津川が、いった。

第五章　マッカーサーの副官

1

　ＪＲ九州は、予定通りに「ななつ星」を運行しようとしていた。四泊五日のクルーズは、終わりに近づいている。乗客のためにも、終着の博多駅に列車を運ぼうと考えていた。

　それに、強硬に反対したのは、熊本県警だった。事件は、「ななつ星」が、阿蘇駅に着いている時に起きている。従って、列車は阿蘇駅に停車したまま、捜査をする。ＪＲ九州は、それに協力すべきだというのである。

　それに対して、ＪＲ九州は、反論した。阿蘇を離れて、博多に向かうべきだというのだ。他の列車のように、途中停車はしないし、五十キロ以下の低速で走るから、揺れも少なく、列車の中でも、捜査は出来る筈である。

とにかく、鉄道事業の義務は、定刻までに、乗客を予定の駅に運ぶことである。

両者が、主張をぶつけ合ったが、最後は、乗客の意志が物をいった。「ななつ星」の乗客は、普通の列車の乗客とは違って、時間を気にしなかった。

それが、決め手になり、「ななつ星」では、阿蘇駅で、改めて、熊本県警捜査一課の捜査が再開された。二度目の事情聴取である。

捜査を担当するのは、若い剣持《けんもち》という警部だった。

剣持は、「ななつ星」の1号車「ブルームーン」に、乗客全員に集まってもらった。そこには乗務員の中から、ベテランの男女一人ずつのクルーにも参考のために同席してもらった。

「この列車の乗客は二十八名と聞いています。姿を消したのは、シャリー・杉山・ケイコさん一人ときいているのですが、ここに集まった方は、二十六名です。もう一人乗客がいるようですが」

と、剣持が、いった。

女性のクルーが、

「5号車の柳沼大《やぎぬまだい》さんが、いらっしゃいません」

と、いう。

同席している、十津川は、そのことで、思い当たった。その乗客は、車内で一〇〇五番の男といわれている男だったから、である。

(柳沼という名前なのか)

その柳沼は、確か、六十歳くらいの男と同じ、503号室だった筈である。

剣持警部は、すぐ、その乗客に、前に出るように、いった。

小太りの男である。ひどく疲れている感じだった。

「名前は?」

と、剣持が、きく。

「水口芳男《みなぐちよしお》です」

「同室の柳沼さんが、いないようですが、どうしたんですか?」

「それが、わからなくて困っています」

「どうしてですか? 同室なんでしょう?」

「そうなんですが、今朝、列車が阿蘇に着いた時、私は食欲がなくて、客室で横になっていました。彼は、一人で、ホームに作られたレストラン『火星』に朝食に、行ったんです。そのあと、シャリー・杉山・ケイコさんという乗客がいなくなったといって、大騒ぎになったんですが、気がついたら、柳沼もいなくなっていたんです」

「探しましたか？」

「もちろんです。彼の携帯に、かけ続けているんですが、連絡がとれません」

「シャリー・杉山・ケイコさんと、同じ時に行方不明になっていますが、二人は、知り合いですか？」

「いや、それは、ない筈です」

と、水口が、否定した。

剣持は、シャリー・杉山・ケイコと一緒にいた、外務省職員の川合麻里子を、呼んで、

「柳沼大という男を前から知っていましたか？」

と、きいた。

「いえ。全く知らない方です」

「シャリー・杉山・ケイコさんは、どうですか？」

「彼女に、きいたことはありませんが、柳沼さんという人について、彼女と話したことは、ありません」

「シャリー・杉山・ケイコさんとは、連絡は、とれないままですか？」

「私も、彼女の携帯にかけ続けているんですが、全く連絡がとれません」

「誘拐されたとしたら、犯人からも、連絡が、ないわけですね？」

「はい、何もありません」

「ということは、誘拐ではないのかもしれませんね」

「でも、そうなら、どうして、彼女から連絡してこないんでしょうか？　私にも、アメリカ大使館にも、連絡がないそうです」

「あなたの携帯の番号は、知っているんですよね？」

「もちろん」

「その番号を登録し忘れてしまって、連絡がとれずにいる、ということはありませんか？」

「それなら、近くの駅に行って、この『ななつ星』に連絡をすればいいんです。私が、乗っているんですから」

麻里子の声は、疲れていた。多分、心労のためだろう。

「何か、お聞きになりたいことがありますか？」

と、剣持が、十津川を見た。

「この『ななつ星』には、シャリー・杉山・ケイコさんの希望で乗られたんでしたね？」

と、十津川が、きいた。

「はい。彼女の希望です。駐日大使になる前に、一般の人と一緒に列車に乗りたいといれたんです」

「しかし、それなら、東京周辺の列車でもよかった筈でしょう？」

「『ななつ星』の記事をどこかで、ご覧になっていたんだと思います。彼女の方から、九州を走っている『ななつ星』という列車に乗りたい、といわれたんです」

「九州を走っている『ななつ星』、といったんですね？」

「ええ」

麻里子が、変な顔をしたのは、同じ質問をされたと思ったからだろう。

「博多から乗られたんですね？」

「ええ」

「ということは、ずっと一緒に、この『ななつ星』で、九州を廻ったことになりますね」

「ええ」

「シャリー・杉山・ケイコさんは、九州は初めてのように見えましたか？　それとも、前に九州に来ているような感じでしたか？」

「九州のことも、かなり知っているようなので、びっくりしたんですが、九州案内のパンフレットや本を読んでいましたから、もとからの知識だと思います」

「シャリー・杉山・ケイコさんが、九州で一番興味を持っていた場所は、何処でした？

長崎か。鹿児島か」

十津川が、きくと、麻里子は眉を寄せて、

「それが、場所じゃないんです」

「場所じゃないというと――？」

「テンソンコウリンです」

「テンソン？　ああ、天孫降臨ですね。高千穂《たかちほ》の？」

「そうです。天照大神《あまてらすおおみかみ》が、さまざまな神々を高天原《たかまがはら》から日向《ひゅうが》の高千穂に降臨させた話に、とても興味を持っていらっしゃいました」

「なぜですか？」

「わかりませんが、とにかく、興味をお持ちで、私にいろいろと、質問されていたんです」

「例えば、どんな質問ですか？」

「天孫降臨で、どんな乗り物に乗って、高天原から、地上に降りてきたのか、とか」

「それで、何と答えたんですか？」

「雲に乗ってきたと、答えました」

「そうしたら？」

「笑って、違うとおっしゃいました。乗ってきたのはＵＦＯに違いないと」

麻里子の言葉に、十津川は、つい笑ってしまった。

「ＵＦＯですか」

「今でいう、ＵＦＯに違いないと」

「この『ななつ星』は、高千穂へは、行っていないんですよね？」

と、剣持が、二人のクルーに、きいた。

男のクルーが、「四泊五日」のスケジュール表を、剣持と、十津川に渡した。

そこには、高千穂の文字はない。

「高千穂に行くと思って、この『ななつ星』に乗ったんでしょうか？」

と、十津川が、麻里子に、きいた。

「それは、ないと思います」

「どうしてですか？」

「彼女が、『ななつ星』に乗りたいというので、調べました。もちろん、どこを廻るかもです。でも、高千穂という地名も、口にしませんでしたし、高千穂へ行かないことに、文句もいいませんでした。列車に乗ってからもです」

2

夕食のあと、乗客たちは、「ななつ星」の自室に戻ることになり、警察は、ホームに作られたレストラン「火星」を使うことになった。

十津川も、県警の刑事たちと一緒に、火星に泊まることになった。

十津川は、東京に電話して、シャリー・杉山・ケイコの祖父について、調べてくれるように、頼んだ。祖父は、アメリカ人で、マッカーサーの副官だったと聞いたからである。

それなら、太平洋戦争の直後、占領軍として、日本に来ている可能性があると、思ったのである。その日の夜になって、三上刑事部長の名前で、十津川にＦＡＸが、送られてきた。

〈シャリー・杉山・ケイコの祖父の名前は、アーノルド・Ｔ・シャリーといい、陸軍少将として、マッカーサーの副官を務めていた。

日本が降伏したあと、マッカーサーの副官として、占領軍を率いて、来日している。

ＧＨＱのＧＳ部門の局長として、いくつかのことを遂行したが、その一つに、マッカーサーに代わって、日本中を廻って、占領政策の徹底を図っている。その際、アーノルドは、国有鉄道が隠していた、天皇のお召列車二編成のうちの一編成を拝見して接収し、これを改修して、全国を廻る際の足として使用している。本来なら、マッカーサーの特別列車の筈だが、マッカーサーが鉄道による移動が好きでなかったので、アーノルドは、この豪華列車に『アーノルド号』と自分の名前をつけて、自由に使っていた。この豪華列車は、七両編成で、寝台車、食堂車、会議室などがあった。

もう一つのエピソードとして、アーノルドの女性関係がある。

占領軍では、将校たちによるパーティが盛んだった。相手をする日本女性は、英語に堪能だったり、パーティに慣れていたりというと、どうしても、華族夫人やその令嬢、ということになってしまう。その一人に、杉山子爵夫人がいた。夫の杉山子爵は、敗戦で、すっかり元気をなくしていたが、若い夫人の方は、元気いっぱいで、格好いいアメリカの将校とのパーティを、楽しんでいた。

その頃、アーノルドは、夫人を病気で失って、独身になっていた。そのアーノルドは、将校クラブのパーティで、杉山夫人に会って、ひと目惚れしてしまった。元気のなかった杉山子爵は病死してしまい、アーノルドと、杉山夫人にとって、結婚の障害はなくなったのだが、アーノルドの親戚が反対した。戦後すぐの時代だから、今まで敵国だった日本女性との結婚には、反対だったのだろう。

そこで、アーノルドは、思い切って、杉山家の養子に入ってしまったのだ。よほど、杉山夫人に惚れていたのだろう。従って、名前は、シャリー・杉山・アーノルドになった。その後、日本で、華族制度が廃止されると同時に、この夫婦は、アメリカに移住した。

このアーノルド少将について、奇妙な噂がある。

それは、マッカーサーの副官として、日本で羽振りのよかった頃のことだ。彼が、天皇のお召列車を接収して、アーノルド号と勝手に自分の名前をつけて、日本各地への旅行に使っていたのは前述の通りだが、九州への旅行中に、列車が消えてしまったのだ。まだ、日本が、占領中のことだから、この事件について、日本人は誰も、何もいわなかった。何しろ、占領軍やGHQは、誰も勝てない存在だったから、アーノルドが、怪しいと思っても、日本人は沈黙。結局、豪華列車の消失に、アーノルドが関係しているらしいと思っても、何もいわなかった。

すでに、当時の関係者は、アーノルドを筆頭に、全員が、亡くなっている。従って、この事件は、未解決のまま、忘れ去られようとしている。

とにかく、天皇のお召列車だから、大変な豪華列車である。

多分、君は、この事件に興味を持つだろうから、今までにわかっているデータを記しておく。

豪華列車（通称アーノルド号）が、消えたのは、一九四八年四月頃、場所は九州。列車は通常七両編成だが、この時は、三両編成だった。なぜなら、この九州旅行を、アーノルドは、杉山夫人（杉山美津）と、二人だけで楽しもうとしていたからで、編成は、機関車、サロンカー、寝台車の三両である。

牽引する機関車は、当時、九州にあった、さまざまなディーゼル車を使用している。

この時、アーノルドは六十歳、杉山夫人は、三十歳である。

この事件は、一応、熊本の警察が捜査したが、やがて朝鮮戦争が始まってしまい、アーノルド少将は、マッカーサーと共に、仁川《インチヨン》上陸に参加してしまった。そのあと、妻の美津と、アメリカに帰国した。

この豪華列車消失事件について、アーノルド夫妻は、全く発言をしていない〉

十津川は、このＦＡＸを何度も、読み返した。

3

朝になり、十津川は、レストラン「火星」で眼をさました。

顔を洗い、ホームに出てみた。

ホームに、「ななつ星」が、横づけになっている。七両の客車だ。牽引する機関車は外され、点検のために移動している。

機関車が外されているのは、点検のためより、むしろ乗客を一か所に集めておくためかも知れない。

腕時計に目をやると、午前六時二十一分。

朝食は午前八時の予定だから、まだ一時間半ほどの時間がある。

まもなく1号車と、2号車の両方にあるキッチンで、有名レストランのシェフがやってきて、朝食の準備が始まる。

七時になって、マイクロバスが到着し、四人のシェフと、食材が下ろされた。

その時間に合わせたように、3号車、4号車、5号車、6号車、そして7号車に明かりがついていく。

乗客の目ざめである。

ホームのレストランは、捜査本部に使用しているので、剣持警部に、六人の刑事と、十津川の八人は、他の乗客と時間をずらして、列車内で、朝食を摂ることになった。

午前八時。

急に、1号車、2号車が賑やかになる。

二時間後の午前十時に、十津川を含めて、八人の刑事たちが、1号車で食事を始める。

その時、隣りに座った剣持に、十津川は、シャリー・杉山・ケイコの祖父のことを話した。

「面白いですね」

といったが、剣持には、この話に乗ってくる様子はなかった。

三十代の若い剣持には、十津川以上に、戦争も、占領軍も、マッカーサーも遠い存在、遠い話なのだろう。

十津川は、川合麻里子に、話してみることにした。

こちらの方が、敏感に反応してきた。

「シャリー・杉山・ケイコさんは、祖父のアーノルド少将を、尊敬しています」

と、いう。

「どうしてですか？」

「写真を見せてもらったことがあるんですが、とにかく格好いいんです。背が高くて、ほっそりしていて、彼女のおばあさんが好きになったのもわかります」

「豪華列車、通称アーノルド号のことを、聞いたことはありますか？」

「ありませんが、彼女が、九州を走る『ななつ星』に乗りたがった理由がわかりました」

と、麻里子が、いった。

「これが、その列車です」

十津川は、今朝早く、彼の携帯に送られてきた写真を、麻里子に見せた。

そこには、お召列車の数枚の写真があった。

「きれい――」

と、麻里子は、小さく、ため息をついた。

「この列車に、彼女のおじいさんが、乗っていたんですか？」

「天皇のお召列車を接収したあと、自分の名前をつけて、日本中を旅行して廻っています」

「私用で、その豪華列車を使っていて、九州で消えてしまったわけですね？」

「そうです。日本の警察も、捜査していたようですが、朝鮮戦争が、始まってしまい、アーノルド少将も、マッカーサーに従って、朝鮮に向かったので、国内の捜査も、自然に立ち消えになってしまったようです。何しろ、その頃は、日本は占領下で、独立国家じゃありませんからね。その上、戦争が始まっているから、占領軍の将校の捜査など、思いもよらなかったと思いますね」

「それでは、このお召列車は、まだ行方不明のままなんですか？」

と、麻里子が、きく。

「写真の七両全部じゃありません。この中の二両、サロンカーと寝台車ですね」

「高価でしょう？」

「そうですね。今の技術では、作れないともいわれているようですから」

「しかし、朝鮮戦争といえば、一九五〇年ですよ」

と、剣持が、口を挟んだ。

「今から六十年以上前でしょう。よほど、大事に保存していないと、ボロボロになりますよ」

「その通りです」

「それに、高価ではあっても、今、見つかっても売れないでしょう。お召列車だったことは、すぐわかってしまうでしょうから」

と、剣持が、続けた。

十津川が、微笑した。

「私も同じように考えました。しかし、それならば、この二両の車両は、もっと早く発見されていると、考えたんです。それなのに、剣持さんがいわれたように、六十年以上経った今も発見されていない。誰かが、しっかりと、隠している、としか考えられません。そうなると、また同じ疑問にぶつかるんです。お召列車だということは、すぐにわかってしまうから、たとえ売ろうとしても売れないだろうという疑問です」

「今回の、行方不明事件には、関係ないのではないでしょうか」

と、剣持が、いう。

「でも、彼女の、おじいさんのことだから、気になります」

麻里子が、問題を、引き戻した。

「アーノルド少将が、マッカーサーの副官として、権勢をふるっていたのも、同じように、大昔の話でしょう？　われわれが、まだ生まれる前の話ですよ」

と、剣持が、いう。

「それでも、引っかかるんですよ」

と、十津川は、いった。

今回の事件は、最初から、おかしいと、十津川は、考えていた。

シャリー・杉山・ケイコという日本人の血が入った女性が、「ななつ星」で、九州旅行中に姿を消した。

誘拐の可能性もあるが、犯人からの連絡もないし、身代金の要求もない。

同じ時に、柳沼という「ななつ星」の乗客も姿を消している。通称一〇〇五番と呼ばれた男だが、シャリー・杉山・ケイコとの関係は、不明である。

シャリー・杉山・ケイコは、次の駐日アメリカ大使に決まっている。だから誘拐されたという見方はあるが、その証拠もない。

そんな時に、わかったのが、シャリー・杉山・ケイコの祖父のことである。面白いエピソードではあるが、今回の事件と関係づけるには、時代が遠すぎる。

剣持は、乗客の事情聴取に全力を使っていた。

十津川は、それに同席した。十津川は、あらためて次の四人の乗客に、注目した。

水口　芳男

池田　敦

賀谷　大三郎（柴田宏行）

　　松枝（その母）

まず、水口芳男である。

「姿を消した柳沼大さんとの関係を教えて下さい」

と、剣持が、いうと、

「実は、よく知らない人なんです」

と、水口は、いいだした。

「一緒に、『ななつ星』に乗って、旅行されていたんじゃないんですか?」

「私が『ななつ星』の予約が取れたことをネットに書いたら、ぜひ譲ってほしいと連絡してきたんです。ちょうど、一緒に行くはずだった友人が、行けなくなってしまって。『ななつ星』では、違約金を払えば、二人のうちの片方を交代できるんです。違約金を払ってくれるならと、承諾しました」

「やたらに、一〇〇五番の男と、自己紹介していたようですが、あれは、何のためだったんですかね?」

これは、十津川が、きいた。

「わかりませんが、キャンセル待ちだった番号が、一〇〇五番だと、いっていたんです。多分、それだけ、『ななつ星』に乗りたかった鉄道ファンだと、他の乗客に印象付けたかったんじゃありませんか」

と、水口は、いう。

「他に、柳沼という男について、気がついたことは、ありませんか？」

「シャリー・杉山・ケイコという乗客に、関心があるらしく、彼女の写真を何枚も撮っていました」

「柳沼は、外の人間と、連絡をとっていましたか？」

「時々、携帯を使っていましたが、そういう時は、必ず、部屋を出てとか、駅のホームでかけていたので、どこへかけていたのかは、わかりません」

「もし、柳沼と連絡がついたら、すぐ、われわれに知らせて下さい」

十津川の言葉に、水口はうなずいた。


次は、柴田宏行こと賀谷大三郎と、母親の松枝だった。事情聴取の前に、十津川は、剣持に、この母と息子のことを、手短に説明した。

「簡単にいえば、小悪党と、その母親です。賀谷大三郎は、強盗・殺人のようなマネは出来ないし、やらないでしょう。ただ、金になりそうな場所には、必ず顔を出す。そういう男です。母親の松枝は、息子が可愛いので、手助けをするかもしれません。注意が、必要です」

そのあとで、事情聴取した母子は、やたらに大人しかった。まるで模範解答のような答え方をするのである。

なぜ、「ななつ星」に乗ったのかと、剣持がきくと、大三郎は、

「今まで、おふくろには、心配ばかりかけてきましたから、少しは親孝行しようと思いましてね。四泊五日の旅行を譲ってもらったので、一生懸命に、親孝行しているんです」

と、別名で乗ったことも、神妙な顔で、告白した。

「この旅行は、楽しいですか？」

剣持が、母親の松枝に、きいた。松枝はニッコリして、

「まるで、夢のようですよ。クルーの皆さんは、親切だし、息子も、本当に尽くしてくれるので」

「今回、シャリー・杉山・ケイコという次期駐日大使が、行方不明になったんですが、どう思われますか？」

剣持が、二人に向かって、きいた。

「そういう難しいことは、私たちには、わかりません」

と、松枝がいい、大三郎は、

「私は、久しぶりの親孝行に、この列車に乗ったんですから、関係のない事件には、関心がありません」

と、答える。

二人の事情聴取が終わると、十津川は、苦笑いしながら、剣持にいった。

「何かありますね。全部嘘ですよ。あの男が親孝行に、この列車に乗ったなんて、嘘もいいところです。何か、儲け話でも転がってないかと乗ったに違いないんです。切符を譲られたというのも怪しいくらいだ」

「しかし、やたらと、神妙でしたね」

「だから、不思議なんですよ。何か金儲けをたくらんでいるのに、誰かに押さえられている感じがしますね。ひょっとすると、次の池田敦が、その相手かもしれません」

と、十津川が、いった。

大三郎の次にやってきたのは、7号車701号室、「ななつ星」の中で、一番高いDXスイートに妻の佳子と乗っている、池田敦だった。表の商売は台東区上野に店を構える骨董商である。

この池田敦の事情聴取は、十津川が引き受けた。

「賀谷大三郎と母親から、今、話を聞いたところです」

と、十津川が、切り出した。

「一年前に、あなたは、ある会社社長に、五百円の茶碗を五百万円で売りつけましたね。

他にも、いろいろと、詐欺まがいのことを、している」

「あれは、社長さんが勘違いしたのであって、すでに示談になっています」

と、池田は、落ちついた声で、いう。

「あなたが騙したことを認めて、五百万円払ったということですね」

「これでは商売にならないと思って、丸損ですが、五百万円払いましたよ」

しれっとして、池田がいう。

「まあそういうことにしておきましょう。ところで、この列車に乗った理由は何でしょうか？　シャリー・杉山・ケイコさんと関係があるんじゃありませんか？」

十津川がきくと、池田は、笑った。

「何ですか、それは？　シャリー・杉山・ケイコさんなんて、知りませんでしたよ」

と、いった。が、その否定の仕方が大袈裟過ぎた。十津川は、そう感じた。

このあと、他の乗客の事情聴取も行ったが、十津川は、自分は少し離れた場所から、剣持に答える、乗客の様子を、見つめていた。

剣持の訊問は、乗客たちが、シャリー・杉山・ケイコを、どう見ていたかに尽きた。

気がつかなかった、美人だった、そんな感想の中に、一つか二つでも、おやっという証言があればいいと思っていた。しかし、全員から話をきいたあとでも、捜査の参考になる話はなかった。

少しばかり疲れて、刑事たちは、ホームのレストラン「火星」でコーヒーを飲んで、ひと休みすることにした。

「結局、乗客から、捜査の参考になるようなことは、何も聞けませんでしたね」

と、剣持が、口惜しそうにいうので、十津川は、

「それが、収穫だったんじゃありませんか」

と、いった。

「どうしてですか？」

「今までに、四泊五日の旅行は終わっています。その間、食事の時、観光地へのバス旅行、バーになった1号車の中など、シャリー・杉山・ケイコは、一日数回、他の乗客たちと、一緒になっています。その上、彼女はハーフで目立つ女性です。それにも拘らず、乗客たちにとっては、彼女の印象が薄い。これは大事なことじゃありませんか。彼女は、それくらい目立たないようにしていた、ということですよ。彼女に敵がいて、何かやろうとしていたら、多分、緊張しているでしょうから、他の乗客にも、気づかれている筈です。少なくとも、何人かは、怖い顔をしていたとか、呼びかけても返事をしなかったというようなことがあったと思うのです。しかし、実際には、全く波紋が出ていないとなると、シャリ

ー・杉山・ケイコは、二つの気持ちのどちらかだったと考えられます。一つは、彼女が何も考えず、旅行を楽しんでいた。二つめは、逆に、何か大きなことを考えていたが、気づかれては困るので、胸におさめて、平然としていた、という考えです。しかし、いくら平然としていても、どこか表情に表れてしまい、警戒されてしまうのが、普通ですからね」

「どっちが正しいのか、わからなくては、困るんじゃありませんか？」

「いや、本人は、最初からきめているんです。だから、平然としているので、他の乗客が、シャリー・杉山・ケイコについて、注目しなかったということです」

十津川は自説を繰り返した。

「これは、十中八九、誘拐とは思えません。シャリー・杉山・ケイコは、自分の意志で姿を消したのです。それを手助けした人間が、いるかもしれませんが、力ずくで、連れ去られたのではないと考えます」

と、十津川は、いった。

剣持は、すぐには、賛成しなかった。

「もし、十津川さんのいう通りなら、なぜ川合麻里子さんなり、アメリカ大使館なりに連絡してこないんでしょうか？　まだ、駐日アメリカ大使になっていないとはいえ、全く無名の人間ではないのですから」

と、剣持は、いう。彼のいい分も、もっともと思われた。

同席していた川合麻里子は、更に強く、十津川に反発した。

「とにかく、連絡がないのが、おかしいと思います。この旅行の直前、彼女は、アメリカ大使館で、今の駐日大使をはじめ、大使館員にも挨拶をしているんです。そこには、外務省の北米局長も出席しています。外務省としても、次の駐日大使ですから、一市民として対応するわけには、いきません」

と強い口調で、いう。

熊本県警に、真っ先に連絡したのも、ＪＲ九州ではなく、川合麻里子だったと、十津川はきいた。

麻里子は、十津川に向かって、

「もし、誘拐ではない、としたなら、彼女は、何のために、黙って、姿を消したと、十津川さんは、お考えなんですか？」

と、いう。

「そこまでは、まだ、私にもわかりません」

「それは、無責任じゃありませんか」

「ただ一つ、考えられるのは、彼女の祖父のことです」

と、十津川は、いった。

「六十数年前に、消えたお召列車のことですか？」

と剣持が、いう。

「そうです」

「しかし、そんな古い話と、戦争を知らない世代のシャリー・杉山・ケイコが、どう関係してくるんですか？」

「それはわかりませんが、ひょっとすると、もっと別の問題が、かかわっているのかもしれません」

と、十津川は、いった。

「別の問題って、何ですか？」

麻里子が、十津川を睨む。

「例えば、そうですね、面子《メンツ》の問題とか」

「面子って、何のことですか？」

「一九四八年、彼女の祖父は、愛し合っていた杉山子爵夫人と、二人で、列車で、日本旅行を、楽しんでいた。今から考えれば、日本人をバカにした行動ですが、その時点では、マッカーサーの副官だから、許されたんだと思います。しかも、お召列車二両が消えてしまった。その後に起きた朝鮮戦争で、この問題はうやむやになってしまった。しかし、アメリカ陸軍にとって、日本占領史の中で、今も傷になっているのかもしれません。また、シャリー家にとって、あるいは杉山家にとって、傷になっているのかもしれない。彼女はそのことをきいていて、九州に行ったら、何とかして、両家にとって傷になっているものを見つけ出すつもりだったのかもしれません」

「しかし、それには、何の証拠もないんじゃありませんか？」

麻里子は、あくまで、十津川に反発した。

4

翌日になると、ＪＲ九州から、早々に、列車を博多に移動させ、乗客を解散させてほしい、という要望が寄せられた。

「ＪＲ九州と、乗客の間には、一つの契約が存在しています。四泊五日以内で、鹿児島など九州の各地を廻り、博多で解散する。これがＪＲ九州と乗客の間の契約です。それに、今のところ、今回の事件は、失踪事件の域を出ず、誘拐事件にはなっていません。よって、一刻も早く、ＪＲ九州と、乗客の間に交わされている契約を実行させて頂きたくお願いします」

この要求に対して、警察庁も、外務省も、簡単に承諾を与える姿勢はとれなかったが、熊本県警は、地元の警察だけに、捜査一課長が、阿蘇駅にやって来て、剣持警部に、

「捜査状況は、どうなっている？　乗客を博多駅に運び、帰宅させるわけにはいかないのか？」

と、きいた。

その一方、警視庁は、十津川を助けるために、刑事五人を阿蘇に派遣してきた。

そのことが働いたのか、「ななつ星」は、阿蘇から博多へ移動したあと、今回のクルーズは終了することに決まった。

十津川は、新しく加わった刑事五人と、博多まで、1号車で、過ごすことにした。

1号車には、他の乗客も入ってくるが、十津川たちは、ひとかたまりになって、今回の事件について、話し合った。

「乗客の皆さんは、賑やかですね」

と、西本《にしもと》刑事が、苦笑した。

「予定より長く、阿蘇駅に足止めされていたし、その間、警察の訊問を受けたりで、面白くなかったんだろう。それで発散しているんだよ」

十津川も苦笑した。

「終着の博多まで、何時間かかりますか？」

と、日下《くさか》刑事が、きく。

「この列車には、時刻表がないから、何時間何分で、到着するとはいえないんだ。さっき、クルーにきいたら、六時間くらいだと、いっていた」

「いいですねえ。日本の列車とは思えません」

「だから、シャリー・杉山・ケイコは、この列車に乗りたかったのかもしれないな」

と、十津川が、いった。

「つまり、かなり自由がきく列車ということですか？」

「不思議な列車だよ。ぜいたくさばかりがいわれているが、それよりも、私は、時間が自由なことに驚いた。時間に厳しくないんだ。長崎、鹿児島、阿蘇と、バスに乗って、市内見物に行ってもいいし、列車の中で寝ていてもいいんだ。だから、シャリー・杉山・ケイコは、この列車に乗ることを希望したんだと思っている」

「外務省は、彼女には、駐日アメリカ大使に就任するに当たって、地方に住む日本人とも会ってみたいという要望があったといっていますが」

「それもあるだろうが、私は、一九四八年の問題のためだと思っている」

「その問題なんですが」

と、北条早苗《ほうじようさなえ》刑事が、書類の束を取り出して、十津川の前に置いた。

「これは、占領軍時代のアメリカ軍の記録を、コピーさせて貰ったものです。これを読むと、一九四八年の四月に、列車で移動中のマッカーサーの副官、アーノルド少将が、事件に巻き込まれたとあります。女性が同行していたという記述はなく、九州に駐在しているアメリカ第八軍の慰労のための九州行と書かれています。アーノルド少将が、阿蘇の日本旅館に宿泊中、列車が消え失せるという不可解な事件が起きた、と書かれています」

「他には？」

「アメリカの占領軍としては、内密に処理しようとしたようですが、その頃、阿蘇にいたイギリス人記者が嗅ぎつけて、本国の新聞に載せてしまった、そこには、消えた列車は、もともと天皇のお召列車だったこととか、日本の華族の夫人が同行していたらしいことが書かれていたというのです。それで、ＧＨＱが名誉を守るために、必死で、消えた列車を探すことにしたが、その後に朝鮮戦争が始まって、この捜査は、立ち消えになってしまったのです」

「今でも、アメリカのマイナスイメージになっているわけだな？」

「そうです。また、シャリー家というのは、アメリカの名家だそうで、この事件のことは、シャリー家にとって、大きな傷になっているそうです。もともとアーノルド少将は、女好きで、その上、杉山夫人との結婚に反対されて、さっさと杉山家の養子になるような、奔放なところがあって、シャリー家では、持て余していたようなところがあったようです。朝鮮戦争では、名誉勲章を受けていますので、シャリー家の中では名誉回復しているようですが――」

「杉山家の方は、どうなんだ」

「華族制度はなくなりましたが、杉山家は、今でも、名家として残っています」

「杉山家というのは、九州だったな」

「もともとは、薩摩藩の家老でした。明治維新に功績があったというので、子爵になっています。ただ、アーノルド少将と結婚した杉山美津は、夫の子爵を裏切って、その上、さっさとアメリカに行ってしまい、杉山本家との縁が切れてしまっているようです」

「それでも、鹿児島の杉山家に連絡してみよう」

と、十津川は、いった。

電話連絡がとれたが、今の杉山家の当主は、十津川の電話にケンもホロロの挨拶を返してきた。

終戦直後、杉山夫人が、アーノルド少将と浮気したため、杉山子爵は亡くなった、と考えているのだろう。

十津川が、アーノルドのことを、きくと、

「自分勝手に杉山家の養子になったり、占領軍の威光を笠に着て、日本の名家をバカにしています。とても、親しみは持てません」

と、いった。

十津川が、更に一九四八年の列車消失についてきくと、

「その件は、きいたことがありますが、アーノルドが勝手にやったことで、当家とは、何の関係もありません」

と最後まで、冷たい応答だった。もちろん、次期駐日アメリカ大使のシャリー・杉山・ケイコについてきいても、

「全く関心がありません」

の一言で、片付けられてしまった。

それでも、十津川は、この情報を簡単には、捨てられなかった。

そんな十津川の思惑を乗せて、六時間二十分後に、「ななつ星」は、博多駅に、到着した。

第六章　推理の飛躍

1

「ななつ星」は予定より二日遅れて、終着の博多駅に到着した。停車したのは、「ななつ星」のために、設けられた新しいホームである。

ところが、なぜか一向に、「ななつ星」の出入り口のドアが、開かない。いぶかる乗客が、騒ぎ出す寸前、車内放送が流れた。

「乗客の皆様、私は、博多駅の駅長であります。ＪＲ九州と、福岡県警から、乗客の皆様に、お知らせがあります。『ななつ星』は長崎、由布院、宮崎、鹿児島、阿蘇と回って、終着駅の博多に着いたのですが、三つの駅が所在する警察署、皆様がお過ごしになった由布院、宮崎、鹿児島から、高価な歴史的貴重品が、盗まれたという報告が、ＪＲ九州と、福岡県警に届きました。これらの盗難に、『ななつ星』が関係しているのではないかという疑いが出てきたので、これから、『ななつ星』の車内を、福岡県警の刑事が、調べることになりました。その間、乗客の皆様は、『ななつ星』の車内から、外には出ないようにしていただきます。クルーの諸君は、ラウンジの〈金星〉で、問題の解決を見るまで待機してもらいます。乗客の皆様には、1号車の『ブルームーン』に集まっていただきたいと思います。その間に、福岡県警が、車内を捜索いたします。誠に申し訳ありませんが、この捜査にご協力をお願いいたします。なお、車内の捜査は六時間ほどで終了する予定になっております」

車内放送のあと、まず、クルーが列車から降りて、ラウンジの〈金星〉に集められた。クルーの全員が〈金星〉に入ると、ドアに、外からカギが、かけられてしまった。

次に福岡県警の十人の刑事が、ホームに集合し、乗客全員が、1号車の「ブルームーン」に移動するのを待ってから、車内に、入っていった。

十津川も1号車の「ブルームーン」に入った。クルーの中の二人だけが、福岡県警の質問に答えるためと、二十六人の乗客の世話のために、ホームには降りず、1号車に移動した。

また、福岡県警の十人の刑事のうちの一人が、1号車の中に入ってきて、今回の事件について、情報を乗客に説明した。

「乗客の皆さんは、『ななつ星』で、楽しい旅を終えて、福岡に、お帰りになったところなのに、誠に申し訳ないとは思いますが、皆さんが回ってこられた場所で、盗難事件が起きていることがわかりましたので、調べざるを得なくなりました。そのことをまず、ご了承いただきたいのです。これからその盗難事件について、皆さんに、ご説明します。皆さんの乗った、『ななつ星』は、由布院に到着しましたが、由布院にある、大手銀行の支店長室に飾られていた、ゴールドの列車の模型が、いつの間にか、消えてしまったことがわかったのです。これが、盗まれた黄金の列車模型の写真です」

刑事は、大きく引き伸ばしたカラー写真を、乗客たちに見せた。

三両連結の客車である。

「これは、昭和二十年代に九州で消えてしまった天皇のお召列車です。消えた時には、アメリカの占領軍の副官が自分の名前を列車につけて、好きなように旅行に使っていたのですが、この三両は、その時のお召列車の機関車、サロンカー、寝台車を模した三十二分の一の模型です。本物のお召列車のほうは、今に至るも見つかっていません。全て壊され、処分されてしまったのではないかというウワサも、あります。こちらの、黄金の模型は、多くの人が、お召列車とは知らずに、眺めていたようです。由布院では、乗客の皆さんは、由布院市内の散策を三時間ほど、楽しまれた後、また列車に戻られたと聞いています。時系列でいいますと、その直後に、黄金の列車模型が、消えてしまっています。『ななつ星』で、皆さんは、宮崎にも行かれました。ここでは霧島連峰の美しさを満喫され、また、『天上ホテル』といわれる、霧島にある有名なホテルに、お泊まりになりました。実は、この『天上ホテル』に飾られていた一枚の古代の鏡が、これも皆さんが霧島を離れたあとで、忽然と、消えてしまっているのです。この古代の鏡ですが、伊勢《いせ》神宮にあるといわれる八咫《やた》の鏡とそっくりだと、いわれているものです。四日目の鹿児島では、皆さん方は三時間、バスを使って、鹿児島の景色を楽しまれました。そのあと、鹿児島市内の有名な料亭で夕食を堪能され、列車に戻られました。そして、同じように、皆さんが食事をされた料亭の主人から、終戦直後に手に入れたといわれている古代の剣が消えてしまっているとの届け出が、ありました。この剣は、名古屋の熱田《あつた》神宮に、奉納されている草薙《くさなぎ》の剣と、そっくりだといわれています。翌日、皆さんは阿蘇駅で朝食を済まされたあと、博多に帰られる予定だったそうですが、事故があって一日近く、遅れてしまいました。その間に、福岡県警に、今申し上げた由布院や宮崎、鹿児島から、日本のというか、世界の貴重品が盗まれたという報告が、相次いで、入ってきたのです。それによると、『ななつ星』が去ったあと、三つの宝物が消えたといわれているようです。ひょっとすると、『ななつ星』

の、乗客の中に犯人がいるのではないかという疑いが出てきたので、われわれ警察としては、半信半疑ながらも、皆さんに、ご協力をいただいているというわけです」

福岡県警の刑事は、ほかの二つ、霧島で盗まれた鏡、鹿児島で盗まれた剣の写真も、取り出して、乗客たちに、見てもらっている。

「要するに、警察は、私たちのことを疑っているんですか？　私たちが、容疑者になっているんですか？」

乗客の一人が、福岡県警の刑事に、きいた。

「いや、われわれは、皆さんのことを、容疑者として、疑っているわけではありません。皆さんが由布院、宮崎、霧島、そして、鹿児島で三時間から四時間の散策を楽しまれ、列車で、次の目的地に向かった後で、この三つの貴重品と、三種の神器と呼んでいい宝物が、消えてしまいました。そのことを、考えると、どうしても、『ななつ星』を、疑わざるを得ないと、いっている人がいるのです」

刑事が、いかにも苦しい感じの弁明をした。

「しかし、われわれ乗客の中に、その三点を盗んだ、犯人がいたとしてですが、盗んだものを持って、サッサと、どこかに逃げるはずじゃありませんか。わざわざ列車に、舞い戻ってきて、終点の博多まで、乗っていくとは思えませんね。もし、そんなことをしているとすれば、犯人の行動としては、おかしいんじゃありませんか？」

と、別の乗客が、きいた。

「私も、そう考えていたんですが」

と、刑事が、いう。

「阿蘇で皆さん方の中でお二人、消えてしまったそうですね？　ひょっとするとですが、その乗客が、盗んだ三点を、自分の客室に隠しておいて、阿蘇から、逃げたのではないかということも、十分に考えられるわけですよ」

「質問があります。よろしいですか？」

と、十津川は、少し遠慮がちに、県警の刑事を見て、

「今、三点の貴重な品々の写真を、見せていただきました。黄金のお召列車の模型ですが、それが、どうして、この九州に、あるんですか？　ほかの二点、霧島の鏡、鹿児島の剣は、写真で見るとたしかに、八咫の鏡と草薙の剣ともいえます。この三点は、たしかに、三種の神器のようにも考えられます。だとすると、どうして、これらの品物が、この九州に、あるんでしょうか？」

「正直に申し上げて、われわれにも、よくわからないのですよ。九州には高千穂の峰という場所があって、天孫降臨の地と、いわれていますから、三種の神器が、あったとしても

おかしくはないのですが、この三点、黄金の鉄道模型と鏡と剣、これが、どうして、由布院と霧島と鹿児島に、あるのか、それについては、調べてみなければわかりません。ただ、いろいろな、話が伝わっているんですよ」

「いろいろな話といいますと？」

「戦後に、天皇のお召列車は二編成あったそうですが、そのうちの一編成をマッカーサー元帥の副官だったアーノルド少将が接収して、自分の名前をつけて、勝手に乗り回して、日本中の旅行を、楽しんでいたといわれています。このアーノルド少将は、歴史が好きだったそうですから、当然、日本の歴史も、勉強していたものと思います。彼は、このお召列車を使って、名古屋にも、行ったし、伊勢神宮も、訪ねていったといわれています。マッカーサーの副官の力で、名古屋では、熱田神宮で、草薙の剣を見ているし、伊勢神宮では、八咫の鏡を、強引に見たといわれているのです。アーノルドは、草薙の剣と、八咫の鏡を、一日預かって、そのレプリカを作らせたという話もあるのです。もしかすると、それが、この二つかもしれませんし、もっと問題視する人は、ニセモノを作らせておいて、それと、本物をすり替えたのではないかという人までいるのです」

「現在、この鏡と剣、それと、お召列車の三十二分の一の模型ですが、誰の所有に、なっているのですか？」

と、十津川が、きいた。

「それなんですが、現在、所有している、銀行や有名料亭は、その点を、なかなか教えてくれないのです。県の歴史にくわしい、いわゆる地方史家によると、マッカーサーの副官だったアーノルド少将の、所有物になっていたような感じなのです。しかし持ち出すことができなかったので、アーノルド少将は、それらを、九州の銀行などに預けてから、ちょうどその頃に、始まった朝鮮戦争に向かったといわれています。アーノルド少将はすでに、死んでいますが、その子孫が、今もアメリカに、いるはずです。その子孫が請求をすれば、この三点は、渡さなければならないとも、いわれています」

1号車の捜索を終えた九人の刑事たちが、2号車から、3号車、4号車と、一両ずつ念入りに、調べていく。

十津川は、三つの品物とも、簡単に、見つかると思っていた。どれもこれも、特徴のある品物だからである。

黄金のお召列車の模型にしても、HOゲージよりも大きいし、それに、クラシックな車両である。

そのほか、鏡や剣にしても、特徴のある形だから、簡単だと、思っていたのだが、一両ずつ念入りに、調べたのに、三点とも見つからなかった。

そのうちに、

（「ななつ星」の車内で、見つけるのは大変だ）

と、刑事たちも、思うようになった。

三両目から七両目まで、普通の列車なら、同じ形をしているが、「ななつ星」の場合は、一両ずつ、車内の造りが、違っているのだ。

「ななつ星」は、天井が高くて、大きなシャンデリアがかかっているし、通路にも、名画が飾られている。

刑事たちは、焦りと同時に、こんな特徴のある車両では、中に隠すのは、意外と楽だろうと、思うようになった。

十津川は、県警の刑事に、断わって、東京に携帯をかけた。

十津川は、三上刑事部長に、電話で、現在の様子を報告したあと、

「盗まれたものは、マッカーサーの副官だったアーノルド少将が、好き勝手に作っていたお召列車の模型と、八咫の鏡に似ているといわれている鏡、草薙の剣を模したとされた剣の三点です。意外なものが盗まれたので、私も、戸惑っています。これをどのように、解釈していいのかがわからないからです。できれば、マッカーサーと、アーノルド少将についてさらに調べていただき、わかったことがあれば、こちらにすぐ教えていただきたいの

です。アーノルド少将と、お召列車、そして、八咫の鏡と草薙の剣の二つと三種の神器との関係がわかってくれば、対応の方法も、見えてくると思うのですが、今のところ、どう考えていいのかが、わからず困っているのです」

十津川は、三上に、伝えた。

「次の駐日アメリカ大使といわれているシャリー・杉山・ケイコと柳沼は、もう見つかったのか？」

と、三上が、きく。

「残念ながら、まだ、見つかっておりません。彼女については、次の駐日アメリカ大使になる予定の人間だということだけを考えていましたが、終戦直後にさまざまな事件があって、彼女がそれに結びついているときくと、過去との関係も考えざるを得なくなりました」

十津川は、正直に、いった。

「君が頼んできたことについては、こちらとしては、とにかく、早く調べて、結果を早く送るようにするが、君のほうも、引き続き捜査を頑張ってくれ」

三上が、いった。

三時間後に、東京から、十津川宛てのファックスが届いた。そこに、書かれてあったのは、次のようなことだった。

〈マッカーサーと、副官のアーノルドは、ともに、日本の皇室、天皇に、興味を持っていたといわれている。

マッカーサーの場合は、天皇と親しくなれば、占領政策が、スムーズにいくと考えて、何度も天皇と会っている。

その点、アーノルドはといえば、彼は副官として、日本にやって来ると、日本の女性、特に華族の女性に、関心を抱き、杉山夫人と結婚したが、それと、同じような興味、日本的なものの、象徴としての興味を、天皇に、対して持っていたと思われる。

その上、彼は、根っからの権力主義者で、当時、マッカーサーの、副官といえば、占領地の日本では、オールマイティの権力の持主と見てもいいだろう。それだけに、在日期間中、アーノルドは、権力をフルに利用して、やりたいように、やっていたと思われる。

アーノルドは、天皇という存在に興味を持っていて、天皇のお召列車が、見つかると、ただちに接収し、アーノルド号と自分の名前をつけて、その列車を使って、日本中を旅行して回っている。

アーノルドは、日本人の大学教授を雇って、天皇家の歴史や、天皇という存在が、日本人にとって、どういうものなのかなどを、熱心に学んだといわれている。アーノルドは、マッカーサーと違って、天皇を政治的に利用するという考え方は全くなく、その代わりに、天皇の持ち物について、強い興味を、感じていたという。天皇のお召列車を接収して、それに、アーノルドという自分の名前をつけて、使っていたのも、その一つの、表れだと考えていいだろう。

当然、三種の神器についても興味を感じていたはずだ。

当時、アーノルド少将と親しかった人間にきくと、彼は、日本の天皇をアメリカの大統領のように、考えていたらしく、自分が、日本に帰化し、うまく行けば、天皇に、なれるかもしれないと、錯覚していたようだという。

これはあくまでもウワサなのだが、お召列車を使って日本中を旅している途中で、アーノルドは、三種の神器に、興味を持ち、マッカーサーの副官という、強大な権力を利用して、熱田神宮で三種の神器の一つ、草薙の剣を、強引に見せてもらい、また、伊勢神宮に行った時には、これも強引に、八咫の鏡を見せてもらったという。

その後、親しくなった日本の古代史に詳しい大学教授から、三種の神器のいわれや、あるいは、その力を、きいたあと、天皇になりたいと思えば、何としてでも、三種の神器を、手に入れなければならないと、友人に、話している。

お召列車を使っての名古屋や、あるいは、伊勢への旅行で、アーノルドが、三種の神器の中の二つ、八咫の鏡と、草薙の剣と、全く同じものを作らせていたという話もあるし、もう少し危険な話では、ニセモノを作らせておいて、本物と、すり替えたという話も伝わっていた。

アーノルドは、日本の華族に興味を持ち、その一人、杉山夫人と強引に結婚してしまった。

ただ、上官のマッカーサーから、この結婚に反対され、副官の地位を剝奪されて、本国アメリカに帰されてしまうところだったが、幸か不幸か、昭和二十五年に、朝鮮戦争が勃発し、アーノルドもマッカーサーの副官として、朝鮮半島に行っている。

その後、朝鮮戦争が、休戦し、アーノルドはアメリカに帰国した。アーノルド号は、行方がわからないままになっている。

さらに、八咫の鏡と草薙の剣も、アーノルドは、所有していたとしても、本国のアメリカに帰る時に、そのどちらも、持ち込んだという証拠はない。

ちなみに現在、九州で盗まれたといわれるお召列車の模型、八咫の鏡、そして、草薙の剣の三点とも、所有者は、アーノルドの子孫ということに、なっている。

そこで、警視庁から、アメリカに住んでいるアーノルドの子孫に、電話をしたところ、一刻も早く、その三点が、見つかればいい。また、もし、三点全てが見つかった場合は、日本に行って、どんなものかを、確認したいという返事があった。

今のところ、分かっているのはそれだけである〉

十津川は、そのファックスを、福岡県警の刑事にも、見せた。それを読んでの感想が、聞きたかったからである。

1号車にいる刑事は、そのファックスを読んでから、

「政治的な問題が、絡んでくると、少々厄介なことに、なりますね」

「そうかもしれませんが、それは、鏡と剣が、本物だったらということでしょう？　私は、本物の可能性は、ほとんどあり得ない。おそらく、アーノルドは、鏡と剣が欲しくて、ニセモノを作らせたんだと、思いますね。ただし、ニセモノとはいえ、何しろ、三種の神器ですからね。取り扱いには、慎重を要するのではありませんか」

十津川は、自分の考えを、いった。

その間にも、刑事たちは、2号車から7号車までを徹底的に調べたが、三つの宝は見つからなかった。

見つからないまま、刑事たちは、乗客たちと話し合うことにした。

乗客たちに捜索の説明をしているのは、県警の、伊地知《いぢち》という三十代の若い刑事だった。生まれたのが高千穂町の近くだということで、日本の神話についても、かなり詳しい警部である。

十津川は日本の古代史について、伊地知と話を交わした。

「三種の神器についてでしたら、私は、高千穂の人間だから、今までにいろいろと、面白い話を聞いていますよ」

と、伊地知が、いう。

「そうでしょうね。ぜひ、お話を、聞かせてください」

「三種の神器については、小学生の頃から関心を、持っていました。その頃、三種の神器というものは、何か美しくて、楽しいオモチャのようなものだと、思っていたんですが、大きくなると、新しい天皇が、即位する場合には、この三種の神器が、絶対に、必要になるのだということが、わかりました。古くは、特に八咫の鏡と、草薙の剣の二つが、天皇の位を引き継ぐためにはなくてはならないものだと、いわれていますね」

「三種の神器には、南朝、北朝の争いが関係していると、以前、きいたことがあるんですが」

と、十津川が、いった。

「そのとおりです。日本の歴史を読んでいくと、鎌倉《かまくら》幕府が亡んだあと、一三三六年には、京都の北朝と、吉野《よしの》の南朝が、天皇の座を争うようになりました。一九一一年の、国定教科書の記述を巡っても、論争があり、北朝を、正統だと考える学者もいれば、南朝を、正統だと考える学者もいたようで、当時は、かなり混乱していたようです。これでは、まずいということで、第二次桂《かつら》太郎《たろう》内閣の時に、南朝が、正統であると、閣議によって決定したんですが、それでもなお、南朝、北朝ともに正統だとする並立制を採用する教科書も、あったりして、その後の改訂では、南朝と北朝を、統一して吉野朝廷ということに、なりました」

「そうです」

「なるほど。第二次桂太郎内閣というと、たしか、明治の終わり頃ですね」

「当時は、そんなことを、閣議で決定していたんですか」

「この時、南朝、北朝の、どちらも天皇になる資格があるということで、それならと、今まで以上に、三種の神器が、重みを持つようになりました。南朝、北朝ともに正統だということになると、三種の神器を所持する人が、正統な天皇に、なるからです。二千六百年もの間、延々と、続いてきた皇統ですから、そこには、さまざまな、歴史があるわけです。三種の神器についても、八咫の鏡は、九六〇年（天徳四年）、一〇〇五年（寛弘二年）、そして、一〇四〇年（長久元年）に、大きな火災が起きて、原形を失ってしまったといわれています。草薙の剣についていえば、壇ノ浦《だんのうら》の平家と源氏の戦いで、敗れたほうの、平家の武将が、幼い安徳《あんとく》天皇と草薙の剣を抱いて海に沈んだといわれていますから、現在、伊勢神宮と、熱田神宮に、納められている鏡と剣は、その後に、新しく、作られたものではないのかという人もいるのです」

伊地知が、いう。

「今回、盗まれたといわれる鏡と剣は、学者や市民の間では、どう思われているんですか。本物と、思われているのか、それとも、レプリカと、思われているのですかね？」

十津川が、きいた。

「現在、この写真を、日本の古代史に詳しい大学の先生に、見てもらっています。まだ、答えは聞いていません。ただ、八咫の鏡は、伊勢神宮の奥深くに、隠されていて、八咫の鏡を実際に見たという人は、ほとんど、いないのです。断定するのは、なかなか、難しいようです」

と、伊地知が、いった。

その時、福岡県警の本部から、伊地知警部の携帯に、メールが届いた。

それは、伊地知警部が、県警本部に、八咫の鏡と草薙の剣について調べてほしいと頼んでいたことへの回答だった。

〈草薙の剣は、同時代の剣が、何本か発見されているから、同時代の剣であることは、まず、間違いない。

それに対して、八咫の鏡は、奉納されているという、伊勢神宮では、鏡を一般の人には一切見せようとしていないので、多くの人が、八咫の鏡というものが、はたして、どういう形をしているものなのかも、わからない。

したがって、われわれも、その実物を見たことがないので、何ともいえない。

ただ、マッカーサーの副官だったアーノルドが、その権力を使って強引に、伊勢神宮で八咫の鏡を見たとすれば、今回盗まれた鏡は、本物によく似たレプリカである可能性が高いと思われる。

ただ、鏡の形態から見て、同時代のものであることは間違いない。

いずれにしろ、この鏡と剣の二つは共に、しかるべきところに、きちんと保管されるべきものであり、個人が簡単に所有するべきものではない。

とにかく、この二つは、絶対に発見するように努力してほしい〉

福岡県警からのメールは、このような内容だった。

2

臨時の捜査会議が、２号車の「木星」で、開かれた。十津川も、呼ばれて出席した。

まず、捜索の状況を、福岡県警の伊地知警部が報告する。

「捜査員が時間をかけて、車内を熱心に捜索してみましたが、三つの品物のうち、どれ一つ、いまだに、見つかっていないところから推測しますと、すでに、『ななつ星』の外に持ち出されてしまっているのかもしれません。何しろ、阿蘇では、乗客の中の次期駐日アメリカ大使への、就任が予定されているシャリー・杉山・ケイコさんと柳沼大さんが、行方不明になっています。最初、彼女は、何者かに、誘拐されたのではないかと、思われていましたが、いろいろと、調べていくうちに、自分から、『ななつ星』を、離れたということも、十分考えられるように、なってきています。というのは、誰かが、黄金のお召列車の模型、八咫の鏡と、草薙の剣を、列車の外に持ち出すのを、シャリー・杉山・ケイコさんが手助けしたのではないかという疑いが、かなり濃厚になってきたからです。この、『ななつ星』という列車は、さして広い車内ではありません。それでも、見つからないとなると、今、私が申し上げたように、彼女が次期駐日アメリカ大使という肩書きを、利用して、自らの誘拐を、装って、その三つの品物を、すでに、『ななつ星』の外に持ち出してしまっている可能性が高いのではないかと思うようになってきました」

その後、外務省を通じて駐米大使からも、マッカーサーの副官だったアーノルドに関する情報が、次々に入ってきた。

マッカーサーの家はエリートで、父親も、陸軍の高官だった。

アーノルドの方は、名家ではあるが、マッカーサーほどではなく、士官学校に入ったものの、成績は下位である。

だが、戦争は好きで、第一次世界大戦が勃発すると、アーノルドは、勇躍アメリカの兵士として、志願し、戦地に赴いていったが、手柄らしい手柄を立てる前に、戦争が終わってしまった。

その時、アーノルドは、士官学校の友人たちに向かって、

「私は、戦争で、手柄を立てる以外に出世の方法を知らない。デスクワークなど、私には全く不向きである。私の憧れは実戦のみだ」

と、いっていたという。

そんなアーノルドは、第二次世界大戦が、始まると、再び喜び勇んで戦闘に参加し、今

度は、ガダルカナルの戦闘などで、コツコツと、昇進していった。

その後、ある幸運で、英雄マッカーサーに認められ、副官に採用された。その頃からアーノルドの人生は、好転した。戦争が終結し、マッカーサーの副官として、日本占領に携わってから、アーノルドの人生にツキが廻って来た。

それまでの、アーノルドの人生は、ツキのないものだった。マッカーサーが日本の、上流階級と付き合っているのに倣《なら》って、アーノルドも、日本の、上流階級と、付き合うようになった。

そして、華族の出身の杉山夫人と結婚し、アーノルドは、その杉山夫人の、交友関係を利用して、昭和二十年の終戦から、数年間にわたって、アメリカの自分の農場から、牛肉や、そのほかの野菜を、輸入しては、それを杉山夫人の、交友関係、いわゆる上流社会に売却し、巨万の富を得たと、いわれている。

アーノルドにとって、占領地日本での生活ほど快適で、楽しいものは、なかったと思われる。GHQの民政局のリーダーとして、マッカーサーに代わって、アーノルドは、日本の政界、実業界に君臨した。

その一つの例が、天皇の、お召列車を接収し、自分の名前アーノルドを、列車につけて、日本全国を旅行して廻っていたことだが、それもただ単に、日本の旅行を、楽しんでいたというわけでは、なかった。

アーノルドは旅行に行くと、地方の有力者と会って、相手をアーノルド号の豪華なサロンカーに招待し、お召列車の威光を使って商売をしてきたのである。

その間に、杉山夫人との間に、一人の男子が生まれた。アーノルド・ジュニアである。

その頃からアーノルドは、日本の天皇に憧れるようになった。

当時、その理由について、アーノルドは、アメリカから来た友人に、こう説明している。

「アメリカ人は、父親が、偉大だったからといって、生まれてくる子供が、そのまま偉大であるかどうかは、わからない。例えば、社長の息子は、人一倍勉強し、幾多の苦労をし、会社を大きくしなければ、絶対に、社長にはなれないだろう。軍人だってそうだ。私の息子であるアーノルド・ジュニアは、何度も戦争に行き、そこでたくさんの手柄を立て、苦労しなければ、私の息子といえども、偉大な将軍にはなれないのである。その点、日本の天皇は、天皇の子供に生まれれば、その瞬間から、未来の天皇になることが約束される。私は、日本の占領にやって来てから、天皇の、お召列車の一編成を接収し、いわば自分の足として使ってきた。地方に、その列車に乗っていくと、人々は、驚き、歓迎する。しかし、マッカーサー元帥の命令によって、いずれこの列車も返還せざるを得ないことになっている。そこで、私は、金を使って、お召列車の精巧な、模型を作ることにした。もし、私が独立した日本に実業家として再来日することがあれば、その黄金の模型を参考にして、元のアンティークなお召列車を作り、その列車を利用して、経済的な利益を上げたいと考えている。また、日本の天皇は、天皇として、三種の神器を持たなければならないといわれている。八咫の鏡、草薙の剣、そして、勾玉《まがたま》である。勾玉のほうは宮中に保管されているので、われわれが見ることは、まず無理だが、鏡と剣のほうは、私がマッカーサーの副官でいる間に、命令すれば、八咫の鏡と、草薙の剣を見ることが、できるかもしれない。見ることができなくても、どんな形をしているかを、私が聞けば、日本人は、喜んで教えてくれるだろう。そこで、私は、天皇家と同じ鏡と剣を作り、それを自分のアーノルド・ジュニアに、渡したいのだ。私も、アーノルド・ジュニアには、その三種の神器のうちの二つを与え、生まれながらの社長にしてやりたいのである」

これは、外務省から送られてきたファックスにあった、アーノルドの経歴や思想である。

また、報告書には、アーノルド・ジュニアに女の子が生まれ、彼女には、ケイコという名前が付けられたという。

どうやら、彼女が現在、次期駐日アメリカ大使といわれている、シャリー・杉山・ケイコだろう。

十津川は福岡県警の伊地知警部と、外務省からシャリー・杉山・ケイコのガードで、「ななつ星」に乗っている川合麻里子に来てもらい、三人で、話し合った。

「この報告を見ますと」

と、麻里子が、いった。

「私がガードしていたシャリー・杉山・ケイコさんは、誘拐されたのではなくて、自ら姿を、消したように思えます。そして、その理由は、現在、盗難に遭っているという黄金の列車模型、それに、鏡と剣に、あるようです。駐米大使からの報告が正しければ、所有者は、シャリー・杉山・ケイコさんの祖父であるアーノルド少将と考えられます。そのアーノルド少将はすでに亡くなっていますから、所有権は、現在アメリカで父親の跡を継いで、大手電子メーカーの社長をしているアーノルド・ジュニアにあると思われます」

「そうだとすると、シャリー・杉山・ケイコが姿を消したり、三つの宝物が盗まれたりするのは、おかしいんじゃありませんか」

と、伊地知が、首をひねる。

「ここは、もう少し飛躍した考えをしてみようじゃありませんか」

十津川が、提案した。

「飛躍した考えって、何ですか？」

麻里子が、疲れた表情で、十津川を見る。

「マッカーサーの副官として、日本にやってきたアーノルド少将は、日本の天皇に憧れていたわけでしょう。天皇家のように、相続争いもなく、自然な形で、次の天皇が決まる。それに憧れていたようです。彼は、日本にやってきて、マッカーサーの副官の地位を利用して、巨万の富を得たといわれています。その上、天皇のお召列車を使って、日本中を旅行しています。また、日本の旧華族の杉山夫人と結婚しています。こうしたことを、並べてみると、アーノルド少将は、自分が死んだあと、遺産争いが起きた時は、天皇家にならって、三種の神器の所有者が、権利を持つように遺言したんじゃないかと、思うんです。勾玉は宮中にあるので、いかにマッカーサーの副官でも、見ることが出来なかったので、その代わりに、好きだったお召列車の黄金の模型にした。それと、鏡と剣の三つを持つ者が、遺産の相続人とすると、アーノルド少将は、決めたんじゃありませんか。多分、最近になって、アーノルドの一族では、遺産をめぐる争いが起きて、三種の神器にまつわるアーノルドの遺言が、急に生きてきたんじゃありませんか」

「それで、孫娘のケイコは、次期駐日大使になったのを利用して、九州に来て、三種の神器を探した、ということですか？」

伊地知は、まだ、半信半疑の顔だ。

「私は、そう考えています」

十津川が肯くと、麻里子が、

「それは、おかしいと思います」

「どうしてですか？」

「ケイコの他に、遺産相続人と考えられるのは、アーノルド・ジュニアだと思いますが、彼の方は、どうして三種の神器を探しに、日本に来ないんでしょう？」

「本人が来なくとも、彼が依頼した人間が来ていますよ」

と、十津川が、いった。

「誰です？」

「一〇〇五番の男です。彼が、やたらに一〇〇五番を強調するのは、今になれば、ケイコに対する牽制のような気がしているんです」

「もう一つ、疑問があるんですが」

と、伊地知が、いった。

「天皇家に憧れて、三種の神器を作ったというのは、分かりますが、勾玉の代わりに、列車の模型というのが、少しばかり変じゃありませんか」

「それについて、私の勝手な想像をいえば、アーノルド少将は、お召列車が、気に入って、いつか自分の故郷に走らせたいと思っていたんじゃありませんか。本物を持ち出せなかったので、黄金の模型を造り、それを三種の神器の一つにしたんじゃないかと思いますが」

と、十津川は、いった。

さっそく、彼の推理が当たっているかどうかを、駐米大使館を通じて、調べてもらうことにした。

その結果、早々とわかったことが、一つあった。

アーノルドは、日本から帰国したあと、カリフォルニアに、広大な牧場を購入し、アーノルド牧場と名付けた。

この牧場は、今も存在しているが、アーノルドは、この牧場を公開し、一部を、乗馬クラブにしていたが、常々、こう話していたというのである。

「日本にいた頃、私は、天皇のお召列車が気に入って、旅行に使っていた。あれと同じ列車を造り、牧場の中に、線路を敷いて、走らせるのが夢である」

アーノルドのこの夢は、とうとう果たされずに亡くなってしまったが、牧場内の事務所には、お召列車の写真が、今も、飾られているというのである。

「一つだけ、十津川さんの推理が、当たりましたね」

と、伊地知が、いった。

（一つだけというのは、皮肉だな）

と、十津川は、思った。

多分、伊地知にも、麻里子にも、アメリカの軍人と、三種の神器とが、なかなか結びつかないのだろう。

「何とか、一〇〇五番の男の正体をつかみたいものですね」

と、十津川が、伊地知に、いった。

第七章　旅の終わり

1

十津川は、県警と話し合って、もう一度、賀谷大三郎とその母親の二人を尋問させてもらえるように交渉した。

十津川は、東京の刑事として、賀谷が殺人のような、大きな事件は起こさないが、詐欺や傷害、脅迫などを平気でやる、いわゆる小悪党であることをよく知っていた。

その賀谷大三郎が、親孝行のために、この「ななつ星」に、母親を乗せたというのは、とても、信じられなかったからである。

「日本の警察は、アメリカのように、容疑者との取引はしないが、君が証言してくれれば、目をつぶることはできる。だから、今回は、警察に協力したほうが、君たちのためだ」

と、十津川は、大三郎に、いった。

「君は一種のプロだから、その目から見て、この列車の乗客の中で、誰がいちばん怪しいと思うか、もう一度、われわれに教えてもらいたいのだ」

「警察に協力したら、本当に、俺とおふくろを、今回の容疑者から除いてくれるのか？」

と、大三郎が、きく。

「それは、間違いない。本当だ。約束する。だから、この列車の中で、君たち親子が怪しいと、思った人間のことを、教えてもらいたいのだ」

と、十津川が、いった。

「そうだな」

と、大三郎は、もっともらしく、考え込むポーズを取ってから、

「この『ななつ星』に乗ってから、最初にマークしたのは、7号車に乗っている、池田夫妻だ」

「やっぱりそうか」

「あの池田敦という男は、東京で、もっともらしく骨董の店をやっているように見えるが、実際には、自分が目をつけた骨董品を、正規の価格で買い付けたりはしない。相手の弱みを握って、脅かしたりして、強引に安値で手に入れて、儲けている男だ。だから、あいつ

の顔を見た時、不思議な気がしたよ」

「どうして、不思議な気がしたんだ？」

「この『ななつ星』は、全く、新しい豪華列車だよ。車内を見て歩いたが、古いもの、骨董品などはどこにも見当たらなかった。例えば、十四代柿右衛門が作ったものが並んではいたが、まだ、骨董品としての、値打ちは出ていないんだ。それなのに、池田のヤツが乗っていた。だから、不思議な、気がしたんだ。何か、儲け話があるから、アイツは乗っていたんだ。そうに、決まっている。いったい何を狙っているのかと思って、注意して見ていたんだが、わからなかった」

「ほかには？」

「前にもいったんだが、5号車に乗っている柳沼大という男だ。アイツも、池田と同じくらい怪しい」

「柳沼大というと、自分のことを、やたらにキャンセル待ちが、一〇〇五番だったと、いいふらしている男か？」

「ああ、そうだ。そもそも、あんなことをいいふらしていること自体が、怪しいと、俺は、すぐに思った。絶対に、何か企んでいるに違いないんだ。ただ、俺が知っている詐欺師の中には、あの男は、入っていなかった。だから、なおさら、あの男は、何か企んでいて、それで、この列車に、乗り込んでいるんだろうと、俺は、確信していた。案の定、あの男は、途中で、どこかに、姿を消していた」

「ほかには？」

十津川が、先を促した。

「何となく、MR商会が、絡んでいるような気がする」

と、大三郎が、いう。

十津川も、MR商会のことは、聞いていた。宝石の通信販売をしているというが、一種の詐欺師集団だという話を、きいたことがある。

しかし、MR商会が、十津川の捜査の対象に、なったことはなかった。荒っぽいことはしないからだ。

「MR商会の人間が、乗っているということか？」

と、十津川が、きいた。

「たしか、池田の部屋でMR商会の人間の名刺を見つけたんだ。細矢とかいう名前だったと思う。だから、この列車には、MR商会も絡んでいて、何か狙っているのかと思った。そうなると、かなり大きなものが、この列車に積まれているのじゃないかと疑ったんだが、いくら探っても、そんなものは、見当たらなかった。この『ななつ星』というのは、間違いなく、豪華列車なんだが、全てが新しい。一つ一つは、たしかに、高価なんだろうが、歴史的なものはないんじゃないか。何十万もするような装飾品が使われているが、何千万とか何億円とかするような歴史的な貴重品は、見つからない。それなのに、どうして、MR商会が狙っていたり、詐欺師の骨董屋、池田敦が乗り込んでいるのか？　それに、池田の部屋にMR商会の名刺があったりするのか？　それが、不思議だった。狙いが何なのか、わからなかったんだ。どうやら、俺が、狙うような、小さなものではなくて、もっと大きなものらしいが、それが何なのかわからなくて、いらいらしていたら、乗客の中に、次の駐日アメリカ大使がいると、わかった。それに、これは、おふくろがきいてきたんだが、日本が戦争に負けて、マッカーサーの軍隊が、日本を占領した、その時のマッカーサーの副官が、絡んでいるようなんだ。こうなると、俺が想像する以上に、大きな獲物が狙われているんじゃないかと、思うようになったんだが、若い俺には、肝心の戦争体験がなくてね」

と、いって、大三郎が、笑った。

「隠しカメラで撮られたときいたんだが？」

と、十津川がきくと、今度は、眉を寄せて、

「あれは、明らかに、大人しくしていろという警告だよ。いずれ殴ってやりたい」

と、いった。

2

十津川は、次にこれも県警の了解を得て、一〇〇五番の男、柳沼大と一緒に乗っていた水口芳男からも、もう一度、話を、きくことにした。県警の伊地知警部が一緒である。

小悪党の大三郎が、いちばんわからないのは、一〇〇五番の男だといっていた。

「あなたと同じ503号室に乗っていた柳沼という乗客が、姿を消しましたが、どういう男なのか、もう一度、話をしてくれませんか？」

十津川が、いうと、水口は、困惑した表情になって、

「前にもいいましたが、あの男については、よく、知らないんですよ」

と、いう。

「しかし、一緒に、同じ部屋に乗っていたじゃありませんか？　それなのに何も知らないというのは、ずいぶんおかしな話じゃありませんか？」

と、県警の伊地知警部が、いった。

「怖かったので嘘をついていたのですが、実は私は、いわば鉄道マニアで、この『ななつ

星』には、鉄道マニアの友だちと二人で、応募して、運よく、当選したんです。ですから、本当は、その友だちと二人で乗ることになっていたんです。そうしたら、突然、知らない男から、電話がありましてね。その友だちの代わりに自分を『ななつ星』に乗せるようにしろというんですよ。たしかに『ななつ星』では、二人のうちの片方は取り替えてもいいことになっているんですが、その男は、すぐに手続きを取れというんですよ。最初は、バカらしいので取り合いませんでした。やっと、友だちと二人で、念願の『ななつ星』に乗ることになったんですから。そうしたら、その後、何度も、脅迫の電話があったり、私やその友だちが交通事故に遭いそうになったりと、二人で楽しく『ななつ星』に乗って、楽しもうという雰囲気ではなくなってしまったんです。その上、その男を乗せるように手配してくれれば、十万円払うといわれたんです。その金額も、最初は十万円でしたが、二十万、三十万とどんどんあげていくんですよ。それで、まあ、金も入るし、これ以上、脅迫されるのも怖かったので、結局五十万円で、手を打って、『ななつ星』の規則を使って、一緒に乗るはずの友だちと、柳沼大という男とを、取り替えたんです。『ななつ星』では違約金を払えば、片方が、交代してもいいことに、なっているのです。そんなことで、乗ってきた男なんですよ、あの一〇〇五番の男は」

「5号車の同じ部屋に、ずっと一緒に、乗っていましたね？　その間に、彼は、どんなことをしていたんですか？」

十津川が、きいた。

「よく、列車の外にいる人間と、電話で連絡を取っていましたね。柳沼が、どんな話をしていたのか、その内容までは、わかりません。電話する時には、私から、離れてかけていましたから」

水口芳男という男の話を聞き終わったあと、十津川は、県警の伊地知に、いった。

「すでにもう、亡くなっている人間ですが、終戦直後、日本に乗り込んできたマッカーサーの副官、アーノルド少将が、今回の事件と、やはり、関係があるのではないかと、思います。もちろん、私は、戦後の生まれなので、占領軍については詳しく知りませんが、アーノルド少将は、マッカーサーの副官として、好き勝手なことを、日本でやっていた。天皇のお召列車を、接収して、自分の名前をつけて、勝手に動かしていたとか。そのほかにも、地位を利用して、莫大な利益を手にしたのではないかと思うのですよ。アーノルド少将については、東京の上司に頼んで、どんな人間だったのか調べてもらったのですが、戦後の占領時代に、もっとも力を持っていたのは、日本の、総理大臣ではなくて、GHQの民政局の局長で、マッカーサーの副官だったこのアーノルドではなかったかと、思うんです。彼がその地位を利用して手に入れた莫大な利益について書いたものは、見つかりません。多分、当時の日本の警察は、この件について、厳密な捜査はしていなかったんだと思います。ところが、それがここに来て、少しずつ、明らかになってきました。明らかになった理由の一つは、アーノルドの孫娘が、今回、駐日アメリカ大使に決まったことにあるのではないかと思います。彼女について捜査することで、自然にアーノルド少将についても捜査できますから」

十津川が、いうと、県警の若い警部は、笑顔で、

「実は、福岡県庁に行き、昭和二十年から二十一年の日誌を閲覧してきました。二十一年七月、戦後一年目に面白い記事が見つかったんです。この時、マッカーサーの副官アーノルド少将の一行が、九州の各県知事を訪ねてきて、九州全域で、旧日本軍が、隠匿していた軍事物資を、全て書き出すように命令していたんです。その時に発見された軍事物資の一覧表があったので、写してきました」

二万五千カラットの商業用ダイヤモンド
五百二十キロのプラチナ
一本八十ポンドの銀地金四百五十本
一本百ポンドの金地金三百本

オーストラリアの五十ポンド金貨九百八十枚

「これらの貴金属は、どうなったんですか？」

と、十津川が、きく。

「アーノルド少将一行が、徴発していったそうです。その時、アーノルド少将が、知事に約束したそうです。全て記録されたあとで、元の持ち主に返還されると」

「返還されたんですか？」

「いや、返還された記録は、ないそうで、アーノルド少将が、自分の懐に入れた可能性もあるわけです」

「その貴金属を使って、三種の神器を飾りたてたことも、考えられますね」

「そうです」

「そうなると、三種の神器が、アーノルド家のものではない可能性もありますね？」

と、十津川が、いった。

「そうです。占領軍の徴発は、日本全国で行われています」

「その時、徴発されたものは、調査のあと、日本側に返還されることになっていたんでしょう？」

「残された資料によれば、そう記録されています」

「しかし、返還された記録はない？」

「そうです。それに、この作業を覚えている人も、もういません。今、われわれが捜している三種の神器に、その時の宝石が使われている可能性もあるんです」

「こうした貴金属は、もともと、戦時中に日本国民が、戦争に役立てて欲しいと、供出したものだと、いわれていますね」

「戦時中、物資不足で、お寺の鐘や、公園の銅像まで、潰して兵器を造ったと聞いています」

「そうなると、三種の神器の所有権が、難しいことになってきますね」

「今のところは、アーノルド家に権利があると見ていいでしょう」

アーノルドが、退役したあとに、書いたものを読むと、日本の天皇に憧れていたことがわかる。

歴史の浅いアメリカ人のアーノルドから見ると、二千年もの歴史を持つ日本人が羨ましかったに違いない。

「自分は、苦労して、陸軍少将になり、退役した。しかし、自分の息子は、一兵卒から、また苦労して戦争にも参加して、手柄を立てなければ、少将になれない。自分の苦労が、一代で終わりで、息子に伝えられることがない。その点、天皇は、羨ましい。生まれた時から、次の天皇になることが約束されている。それはそれで、大変だろうが、先祖の功績が正しく子孫に伝えられ、評価されていることは、誠に羨ましい」

と書いている。

そんなアーノルドだから、華族制度にも憧れていて、日本で子爵の杉山夫人と結婚したのだが、敗戦日本では、残念ながら、華族制度は、消えてしまった。

もちろん、アメリカ人のアーノルドが、天皇になれることはない。そこで、せめてマネでもと考えて、自分なりの三種の神器を作り、それを、自分の子供に伝えようと、考えたのだろう。

ただ、その三種の神器が、なぜ、日本にあったのかは、わからないが、強いて理由を考えれば、こんなことだろうと、十津川は、思った。

彼が、マッカーサーの副官として、権勢をふるっていた頃、三種の神器、特に、鏡と剣を欲しがっていると聞いた政治家や、実業家が、協力して、それらしいものを作って、アーノルドに献上した。多分、それは金で作られた黄金の鏡と剣だったろう。

一方、アーノルドは、部下を連れて、日本全国を廻り、軍事物資を徴発している。九州での作業は、県警の刑事が調べてくれたので、詳しい内容が、わかった。

九州だけでも、莫大な量だから、日本全国では、途方もない量であり、金額だったに違いない。

それは、占領軍の民政局が、調査のあと、日本側に返還し、確かに、日本復興の財源として使われたというが、その数量や金額が正確かどうかは、不明である。

アーノルドは、マッカーサーの副官として、権力を持ち、天皇のお召列車を接収して、自分の名前を付けて、日本旅行に使っていた男である。多分、高価な宝石類は、日本側に返還せず、自分に献上された黄金の鏡と剣を、その宝石で飾りたてたに違いない。当時、保管に当たっていた銀行などでは、「まばゆい宝石で飾られていて、どれほどの値段か想像がつかない」と、証言しているからである。

天皇に憧れたアーノルドが、もう一つ気に入ったのが、お召列車だった。これは、日本占領が終われば、当然、返還の必要があるのだが、アーノルドは、日本の職人に精巧な模型を作らせた。これも黄金である。アーノルドは、それをアメリカに持ち帰り、再現させ、自分の持つ広大な牧場を走らせたいと、話していたという。

「この模型にも、高価な宝石がはめ込まれていたそうです」

と、伊地知が、いった。

「日本と天皇に憧れていたというが、アーノルドは、最後まで、飾らない美しさには、気がつかなかったみたいですね」

と、十津川が、いった。

「結果的に、三種の神器の所有権が、誰にあるのか、わからなくなりましたね」

と、伊地知が、いう。

「私も、そのことが、気になっているんです。あなたが調べてきた資料によれば、昭和二十一年に、アーノルドと、部下の兵士が、やってきて、戦時中の軍事物資の徴発に乗り出した。その結果、見つかった高価な宝石もあったということですね」

また若い警部が、ニッコリした。

「それを知って、おかしな連中が、集まってきたんじゃありませんか」

と、いうのだ。

3

その後、二時間ほどして、そのシャリー・杉山・ケイコから、外務省の職員、川合麻里子に電話が入った。

「今、小さな駅にいる」

と、ケイコが、いうのである。

「何という駅かわかりますか？」

「駅名の標識に、ローマ字が書いてあります。それを読みますよ。ヒゼンオオウラと書いてありますね」

と、ケイコの声が、いった。

「それなら、長崎本線にある駅ですよ」

と、麻里子のそばで、電話に聞き耳を立てていた福岡県警の刑事が、小さな声で、いった。

すぐに九州の路線図が持ち出された。なるほど、長崎本線に、肥前大浦駅があった。

「ケイコさん、今からすぐ迎えに行きますからね。そこから、絶対に動かないでいて下さいね」

麻里子が、一語一語、区切るように、いった。

すぐパトカー二台が、その長崎本線の肥前大浦駅に、向かうことになった。

その一台に、十津川も、便乗させてもらうことにした。

地図によれば、有明海《ありあけ》に近い駅である。

問題の駅、肥前大浦駅は、小さな無人駅だった。

パトカー二台が到着すると、ホームのベンチに腰を下ろしていたシャリー・杉山・ケイコが立ち上がって、こちらに向かって、手を振った。

「大丈夫ですか？　ずっと心配していたんですよ。どうして、こんなところに、来たんですか？」

と、麻里子が、きく。

「わが家の宝を持っているという人から、それを渡したいという電話が、かかってきたの。ただ、このことを、警察に話したら、渡すことができなくなる。そういわれたので、あの列車から降りて、タクシーを拾って、電話で指定されたこの駅まで来たの。そうしたら、男の人がいて、この剣を、渡されたの。でも、ニセモノだったわ」

と、ケイコが、いった。

小さな待合室には、古代の剣を入れた箱が置いてあった。なるほど、中には、いかにも古そうな古代刀が入っていたが、ケイコには、すぐにニセモノだとわかったらしい。

「ひょっとすると、その剣を持ってきて、あなたに渡したのは、この男ではありませんか？」

と、福岡県警の伊地知が、柳沼大の顔写真を見せた。

ケイコは、それをかざすように見てから、うなずいた。

「ええ、そうです。間違いなく、この人でした」

「それで、何があったんですか?」

と、十津川が、きいた。

「私が、これは、ニセモノだといったら、いきなり殴られて、気がついたら、その人は、いなくなっていた」

と、ケイコが、いう。

「その男は、この剣しか、あなたに見せなかったんですか?」

「そうです。でも、車できたから、その車の中に、ほかのものも持っていたのかもしれません」

「とにかく、福岡へ戻りましょう。そちらで、いろいろとお伺いしたいことがあります」

県警の伊地知警部が、いった。

行方不明だったシャリー・杉山・ケイコが見つかったことで、外務省の川合麻里子は、ホッとした顔になっている。

二台のパトカーが、ケイコを乗せて福岡に戻ったところで、行方がわからなかった柳沼大らしき男の死体が、肥前大浦駅の近くで見つかったという知らせが入った。

十津川と伊地知警部が、改めてケイコに話をきいた。

「あなたは、次の駐日アメリカ大使に決まったので、就任前に、日本の景色を見たり市民に会ってみたい。そういって、『ななつ星』に乗りましたね？」

「ええ、そうです」

「しかし、別の目的があったんじゃありませんか？　本当の目的は、あなたの祖父のアーノルド少将が、マッカーサーの副官として日本にいた時に作った三種の神器にあったんじゃありませんか？　アーノルド少将は、その三種の神器を日本の銀行などに預けて、帰国しました。その三種の神器を、あなたは九州で確認する。自分たちの所有だということを、しっかりと確認してから、本国に持ち帰ろうと考えていたんじゃないんですか？」

「少し違います」

ケイコが、いう。

「どう違うのですか？」

十津川が、きく。

「私は、その三種の神器が、シャリー家のものだということを、再確認したかったんです。それが出来たら、アメリカには、持って帰らずに、アメリカ大使館に、飾っておくつもりだったんです」

「そのことを、誰かに話しましたか？」

「アメリカの大学時代の友だちがいて、彼は日本人なんですが、日本での再会を約束して楽しみにしていたので、彼には話しました」

(少しずつだが、状況がわかってきた)

と、十津川は、思った。

一〇〇五番の男、柳沼大は、金儲けを企んで、無理やり「ななつ星」に乗り込んだのだ。多分、三種の神器の話を聞いていて、九州の銀行などから盗み出そうとしたが、うまく行かなかった。

そこで、もっともらしい、ニセモノを作っておいた。

列車には、柳沼大が、金儲けの相手とにらんでいるシャリー・杉山・ケイコが目論見《もくろみ》どおり乗っていた。

そこで、一〇〇五番だったが、やっと乗ることが出来た。そのことをまず、印象づけようとした。そのあと、どこかでシャリー・杉山・ケイコの電話番号を入手した。そして、外からのように見せかけて、電話をかけ、自分が、三種の神器を持っているので、ぜひ、それを買ってほしいといって、長崎本線の肥前大浦駅に、彼女を、呼び出した。

戦後に日本で、彼女の祖父が作らせた三種の神器である。孫娘のケイコは、それが、どんなものかよく知らないだろうと思って、柳沼大は、ニセモノを高く売りつけようとしたのだが、すぐニセモノとバレたので、彼女を殴って、逃げた。たぶん、その後、他の誰かに売りつけようとしたに違いない。

だが、怒った相手に逆に、殺されてしまったのではないか。

その犯人が、鏡と豪華列車の模型の二つを持ち去ったのは、この二つは、ニセモノでも、高く売れると考えたのかもしれない。

もう一つの問題は、九州の銀行などから、盗まれた本物の三種の神器が、今どこにあるかということだった。

その三種の神器を、もっとも欲しがっているのは、まもなく駐日アメリカ大使になるシャリー・杉山・ケイコに違いない。

天皇家に憧れていた祖父のアーノルドが、三種の神器の持ち主こそ、シャリー家の正統な子孫だという考え方を持っていたとしたら、その祖父の願いのためにも、ケイコは、何としてでも、本物を取り戻し、東京にあるアメリカ大使館に飾っておきたいと思ったに違いなかった。アーノルドの孫として。

一方、金儲けのために、この宝物を、手に入れようとしていたのが、一〇〇五番の男こと柳沼大だと考えられる。たまたま同じ「ななつ星」に乗り合わせた大三郎は、一〇〇五番の男、柳沼大が、何か企んでいるに違いない、と見ていた。

その柳沼大は、ニセモノを売り込もうとして失敗し、その結果、何者かに殺されてしまったのだろう。

もう一人、大三郎が、何か、企んでいたと見ている池田敦という骨董商がいる。表向きは正式な、骨董商だが、詐欺や、あるいはニセモノを売りつけて、金儲けをしているという男だった。

この男も、おそらく、アーノルド少将の残した、三種の神器を手に入れれば、金儲けができると考えて、「ななつ星」に、乗り込んできたのではないかと、十津川は、思ったのだが、今のところ、それらしい動きを見せていない。ほとんど列車内に留まっていて、列車が鹿児島で停まった時も降りなかった。

「ななつ星」の1号車で、福岡県警が捜査会議を開き、十津川も、それに参加したが、殺された柳沼大について、もう一度、調べ直す必要があるということで、意見が一致した。

とにかく最初の犠牲者である。

柳沼大と、5号車の同じ部屋にいた水口芳男から、もう一度、話を、きくことになった。

「あなたと一緒にいた柳沼大ですが、何者かに殺されました」

県警の伊地知警部が、伝えると、水口芳男は、冷静な口調で、

「やっぱり何か、企んでいて、それで、殺されたんでしょうか?」

「どうやら、そう思われます。先日のあなたの話では、もともと、同じ鉄道マニアの友だちと、この列車に乗ることになっていた。それを、柳沼が無理やり、あなたに、その友人に乗ることを止めさせて、自分と一緒に、この列車に乗るようにしろと脅したんですよね？　それで間違いありませんか？」

「そのとおりです」

「この『ななつ星』の規則では、二人で申し込んでいても、一人が、辞退すれば、誰か代わりの人間を、乗せることが出来る。その時には、違約金を払うということになっている。柳沼は、その規則を、利用して、この列車に、乗り込んできた。そうですね？」

十津川が、重ねてきいた。

「ええ、そうです」

「申し訳ありませんが、あなたのいっていることが、本当かどうか、念のために、この列車に乗り損なった友だちという人に、確認をさせて貰いたいのですが、構いませんか？」

十津川が、きくと、

「ええ、どうぞ」

と、水口芳男は、肯き、広田秀行《ひろたひでゆき》という鉄道マニアの友だちの電話番号を、教えてくれた。

十津川が電話をする。

「広田ですが」

と、女の声が、いった。

「そちらに、広田秀行さんは、いらっしゃいますか？」

「広田は、亡くなりました」

と、女が、いった。

「ご病気ですか？」

「いえ、自転車に乗っていて、トラックにはねられまして」

と、女の声が、いう。

「それは、いつのことですか？」

「二日前です」

「広田さんは、あなたに、何かいっていませんでしたか？」

「何かと、おっしゃいますと？」

「お友だちと二人で『ななつ星』に乗ることになっていた件に、ついてですが」

「たしか、『ななつ星』に乗れなかったのは残念だと、申しておりました」

「それで、広田さんは、おいくつで、亡くなられたんですか？」

「四十歳でございます」

「間違いありませんか？」

「ええ、四十歳でございます。間違いございません」

と、女が、繰り返した。

十津川は、電話を切ってから、水口芳男に目をやった。

その後、十津川は、水口芳男に対する事情聴取を、止めてしまった。

仕方なく、福岡県警の伊地知警部も、そのあと二つ三つ、水口芳男にきいた後、別の車両に移って、

「どうされたんですか？　急に、水口芳男に対する事情聴取を、止めてしまいましたが、何か、気になることでもあったのですか？」

「水口芳男という男は、たしか、六十歳でしたね？」

十津川が、逆に、確かめる。

「ええ、六十歳ちょうどだと、そういっていました。それが、何か？」

「水口芳男と一緒に『ななつ星』に乗るはずだった友だちは、四十歳だったと、いっているんです。二十歳も、違いますよ」

「たしかに、それはそうですが」

「一緒に豪華列車で、旅をしようという、友だちは、自分と、同年齢ぐらいの友だちが、多いのではないかと思うんです。実際にも、現在、この列車に乗っている友だち同士は、年齢が同じくらいに見えます。ところが、水口芳男の友だちだという、広田秀行は、二十歳も年下です。その点、殺された柳沼大のほうは四十歳で、広田秀行という友だちと年齢が合います」

「たしかに、そのとおりですが、それが気になりますか？」

と、伊地知が、きく。

「ひょっとすると、逆なんじゃないかと、思ったんですよ」

「逆といいますと？」

伊地知には、十津川のいいたいことが、まだ、わからないらしい。

「問題の二人ですが、水口芳男のいうことから、当初、広田秀行という友だちが、乗ることになっていた。そこに、柳沼大が、強引に割り込んできて、脅かして、友だちのほうを断らせて、自分が代わりに『ななつ星』に乗ることにした。今のところ、そういうことに、なっています。柳沼大は、自分はキャンセル待ちの一〇〇五番の男だと、周りの乗客に、しきりにいって回っていました。キャンセル待ちをしてやっと手に入れたが、一〇〇五番というのがキャンセル待ちの番号だったといって、自分が、やっと、この豪華列車に乗れて嬉しかったのだと、ほかの乗客に、やたらにいいふらしていたんですよ。その柳沼大が、実際には、問題の三種の神器を奪おうとしていたんです。そのニセモノを使って、シャリー・杉山・ケイコに売りつけようとまでしていました。しかし、そんな悪巧みを、持っていたのなら、逆に、一〇〇五番の男だと、あまりいわないのではないでしょうか？　もちろん、逆のことを考えてやったということもあり得ますが、私には、どうにも不思議で仕方がなくなってきたのです」

「ちょっと待って下さい。十津川さんがいう逆というのは、こういうことですか？　最初、この『ななつ星』に乗ることになっていたのが、柳沼大と事故死した広田秀行の二人だった。そこへ強引に乗り込んできたのは、実は、水口芳男の方だった。そういうことですか？」

「ここに来て、そうじゃないかと思うようになっているんです。同じ四十歳同士、友だちで、この豪華列車に、乗ることになっていた。そこへ、何としてでも、この列車に乗ろうと、水口芳男が割り込んできた。そうではないかと思うようになってきたんです」

「たしかに、十津川さんがいうような考えも、成り立つとは思いますが、ニセモノの剣を、シャリー・杉山・ケイコに、売りつけようとしたのは、柳沼大ですよ。それに、ニセモノの八咫の鏡と思われるものを持っていて、何者かに、殺されています。いかにも、犯人と思われる行動ではありませんか？　水口芳男のほうは、この列車から、離れていませんが」

伊地知警部が、首をかしげる。

「たしかに、あなたのおっしゃるとおりだとは思いますが、こういうことは、考えられませんか？」

十津川は、自分の考えを口にした。

「私は、犯人が水口芳男だったらと仮定して考えてみたんです。後になれば、自分が犯人だということは分かってしまう。そこで、柳沼大を、口説いたんだと思うのです。シャリー・杉山・ケイコの、三種の神器のことを話し、自分の仲間が、ニセモノを作って、彼女に売りつけようとしている。本物ならば、何億円という、高価なものだ。そのニセモノを本物として売りつければ、莫大な利益を、手にすることができる。だから、それを山分けしようじゃないか？　失敗しても、罪は、俺がかぶってやるから、心配するなと、おそらく、そんなことをいったのではないかと、思うのです。柳沼大は、その誘いに乗ってしまった。列車から抜け出すと、水口芳男に教えられた場所に行き、彼の仲間から、ニセモノの三種の神器を受け取る。そのあと、ケイコの携帯に電話をして、自分が三種の神器の本物を持っている。そういって、長崎本線の肥前大浦駅まで誘い出して、売りつけようとしたが、すぐケイコに、ニセモノだとバレてしまう。そこで、ケイコを殴って逃げて、そのニセモノを自分に渡した人間と会って、文句をいった。ところが、口封じに、殺されてしまった。こう考えれば、辻褄が合ってくるんですよ」

と、十津川が、いった。

「たしかに、話が、つながってきますね」

「盗み出したのは、おそらく、水口芳男の仲間で、MR商会の人間だと思うのです。ただ、シャリー・杉山・ケイコが、本物の、三種の神器のことを、知っているかどうかで、話が違ってきます。もし、よく知っていたら、盗み出した本物を、売ればいい。知らなかったら、まずニセモノを売りつけて、その後から他の人に本物を、売りつける。そうすれば、二重に儲かりますからね」

十津川が、そこまで話すと、伊地知警部は、やっとうなずいて、

「だんだんわかってきましたよ。その役目を柳沼大に押しつけたというわけですね？」

「そのとおりです。その結果、ケイコが、本物の三種の神器のことを、よく知っていることがわかったので、これから、自分の仲間が、盗み出した三つの宝を、どこかで、ケイコに、売りつけるはずです」

「それでは、水口芳男の仲間が、三種の神器のホンモノを、盗み出して持っているとして、

それは今、どこにあるんですかね？　もう一つ、疑問が残るんですが」

「何でしょう？」

「どうして、柳沼大は、殺されてしまったんでしょうか？　そのままにしておけば、柳沼大に、疑惑が集まって、そのほうが連中には、いいと思いますが？」

「たしかに、そのとおりですが、柳沼大は、水口芳男が、無理やり脅かして、この列車に乗り込めるようにさせた人間です。水口は、柳沼の口から、そのカラクリがバレるのが心配だったと思います。柳沼大の友だちの広田秀行も、交通事故に見せかけて殺された可能性が高いと思いますね。水口の仲間、ＭＲ商会の連中は、全てを密かにやりたかったのだろうと思います。それでまず、『ななつ星』に水口芳男が乗り込んで、シャリー・杉山・ケイコが乗っていることを確認したかった。それで無理に水口が乗り込んだんだと思います」

と、十津川が、いった。

「それでは、さっそく、水口芳男をもう一度呼んで、厳しく、追及してやろうじゃありませんか？」

と、伊地知警部が、息まく。

「しかし、水口芳男は、したたかな、人間ですからね。生半可なことでは、自白は、しないと思いますよ。それに、彼と同室だった柳沼大は、すでに殺されていますし、柳沼大の友だちの、広田秀行も、死んでしまいましたから、今、水口芳男を尋問しても、証拠がないから、逮捕できませんよ」

と、十津川が、いう。

「それでは、どうしたらいいんですか？」

「私は一つだけ、考えていることがあるんです。それを調べてみたいと思っています」

と、十津川が、いった。

「それは、例の三種の神器の行方でしょう？」

県警の伊地知が、いう。

「そのとおりです。今、三種の神器が、いったい、どこにあるのか、私は、それが、知りたいのです」

「水口芳男の仲間が銀行などから盗み出したとすれば、今も、彼らが持っているんじゃありませんか？」

「たしかに、そのとおりなんですが、私は、ひょっとすると、この『ななつ星』の列車の中に、隠されているのではないかと、思っているんです」

と、十津川が、いった。

「どうしてですか？」

「今、いちばん、怪しまれない隠し場所といったら、『ななつ星』の車内だからです」

「しかし、ウチの刑事たちが、『ななつ星』の全ての、車両を念入りに調べましたが、何も見つからなかったんですよ。ですから、この列車の中には、ないと思いますが」

「それでも私は、三種の神器は、この『ななつ星』の車両の中に、隠されていると確信しているんです」

「十津川さんが、そこまで、自信を持っていわれるのなら、もう一度、徹底的に調べさせますが」

と、伊地知警部が、いった。

「この段階で一応、全ての乗客は、解散ということに、したいのですよ。そうすれば、自然に、犯人は、隠しているところから三種の神器を、持ち出して、シャリー・杉山・ケイコか、あるいは、どこかの資産家に売りつけようとするでしょうから」

と、十津川が、いった。

やっと「ななつ星」全体に、解散の指示があった。

乗客たちも乗務員たちも、ホッとした顔で、開いたドアからホームに降りて、改札口に向かって歩いていく。

水口芳男も、十津川たちに、軽く頭を下げてから、ホームから去っていった。

その後、水口芳男やその仲間が、列車に近づいてくる気配はない。

そのまま、何事もなく、時間が経っていく。

深夜になった。すでに博多停まり、あるいは、博多発の列車は全て出払って、博多駅は閑散としてきた。

4

午前二時頃になって、黒い人影が三つ、ホームに入ってくると、「ななつ星」の停まっている線路に飛び降りた。そして、五両目の車両の下に潜り込んでいった。

小さな音がしたと思うと、列車の下に潜り込んでいた三人が、箱を持って出てきた。

磁石のついた大型の箱である。そのまま磁石の力で「ななつ星」の5号車の床下に、張りつけてあったらしい。

三人が木箱の蓋を取って、中身を確かめた時、突然、暗かった線路に、一斉に明かりがついた。

強烈な投光器の光である。

三人は一瞬、反射的に目を閉じてしまった。その三人の中の一人は、十津川が想像した通り、水口芳男だった。

呆然としている三人に向かって、県警の刑事が、

「君たち三人を、窃盗、殺人、脅迫の罪で逮捕する」

たちまち、県警の刑事たちが、三人の男に手錠をかけた。

5

三人は、福岡県警に連行され、そこでただちに、尋問を受けることになった。十津川も当然、同席させてもらった。

尋問は主として、水口芳男に、向けられ、また、尋問に答えたのも、水口芳男だった。

十津川が予想したとおり、水口芳男は、MR商会の人間で、今回、シャリー・杉山・ケイコという次期駐日アメリカ大使が、九州を一周する「ななつ星」に乗ることが決まった

というウワサだけで、金の匂いを嗅ぎつけ、強引に「ななつ星」に乗り込んだ。

ＭＲ商会のほかの連中が、九州の銀行などから、問題の三種の神器を盗み出した。彼らの予想どおり、四泊五日の「ななつ星」の旅行には、シャリー・杉山・ケイコが乗っていた。

「ななつ星」に乗っていた、柳沼大は、脅かされ、あるいは、金を与えられ、水口たちの計画したように動き回ることを命令された。それは、うまくいった。

「三種の神器に飾られているダイヤを含めた貴金属は、どれも大きなものなので、売るのが難しい。だから持ち主に、売りつけようと思ったんだ」

あとになって、水口が、いったことである。

十津川たちがマークしていた、池田敦は、結局関係なく、夫婦で、「ななつ星」を楽しんでいたとわかった。

問題の三種の神器は、シャリー・杉山・ケイコに返された。

ケイコは、駐日アメリカ大使として、記者会見が行われた席で、事件について触れた。

「祖父が、私に残してくれた、いわゆる三種の神器は、アメリカ大使館に飾り、日本の皆さまにも見て頂くつもりでしたが、殺人が絡むような事件に発展してしまいました。そこで、このまま、アメリカに持ち帰ることにいたしました」

彼女が、そう話すと、記者たちは、写真に撮らせてくれと、要求した。が、ケイコはそれも拒否した。また、事件のタネになると困ると、いってである。

今まで一般公開されていたのはホテルに飾られていた鏡だけだったが、このままでは、人々の前から、三種の神器全てが、消えてしまうのである。

十津川は、記者会見のあとで、カメラを持ち出して、ケイコにいった。

「私は、殺人事件の証拠品として、カメラにおさめておきたい。マスコミには、見せませんし、これは法律で、決められていることです」

その言葉に、ケイコは、何かいおうとしたが、十津川は、法律でと繰り返して、写真を撮りまくった。

後日、東京のアメリカ大使館の前に、小さなデモ隊が現れたが、そこに集まっているのは、老人たちだった。

手にしたプラカードには、大きく引き伸ばした宝石の写真が、貼りつけてあり、こんな文字が躍っていた。

「新駐日大使にお願い

この宝石は、わが家が代々、家の宝としてきたものです。昭和二十一年あなたの祖父が、徴収し、その上、返還の約束を破って返さなかったものです。あなたが所有しているとわかったので、ぜひ返していただきたい」

どのプラカードにも、それぞれ、宝石の写真と、同じ言葉が書かれていた。

変わったデモなので、新聞やテレビが、集まってきた。

福岡県警の伊地知警部から、十津川に、電話が、あった。

「こちらでも、例のデモの話で、持ち切りですよ。裁判になるんですか？」

「裁判になりそうだったんですが、それは、アメリカ大使館が回避しました」

「それで、どうなったんですか？」

「かなり揉めたようですが、大使館のサジェスチョンもあって、シャリー・杉山・ケイコ大使は、三種の神器を、日米親善のために、日本に寄贈することを決めたようです」

「それは、よかった。七十年前の持ち主に返却されますね」

「私も、それを、願っています」

「ひょっとして、十津川さんが、このデモ騒ぎの元凶じゃないんですか？　ケイコが、嫌がっているのに、ひとりで、パチパチ宝石を撮っていたじゃありませんか？」

「――」

「どうなんですか？」

「私の小さな愛国心かな」

と、いってから、ひとりで照れて、十津川は、電話を切ってしまった。

解説

小柳治宣《おなぎはるのぶ》
（日本大学教授・文芸評論家）

クルーズトレイン「ななつ星in九州」の列車名には次の三つのコンセプトが表現されているということだ。一つは、九州の七つの県（福岡・長崎・大分・佐賀・熊本・宮崎・鹿児島）、二つ目は九州の主たる七つの観光素材（自然・食・温泉・歴史文化・パワースポット・人情・列車）、そして三つ目が七両編成の客車ということになる。これら三つをことごとく、「ななつ星」での豪華なクルーズのなかで体感できるというわけなのだ。従来の列車の旅に根本的な変革をもたらすような、この「ななつ星」には、一車両に三部屋ずつのスイートルームが四車両で十二部屋、これに一両に二部屋のデラックススイートルームを加えても、合わせて十四室しかない。残りの二つの車両の内一つは、昼は休息場、夜はバーがオープンするラウンジカーの「ブルームーン」、もう一つがダイニングカーの「木星」という編成だ。乗車料金は、目を見張るほど高額だが、希望者が殺到して、予約を取るのは至難の業となっているようだ。

今現在、「ななつ星」には、毎週火曜日に博多駅を出発する三泊四日コースと、土曜日に博多駅を出発する一泊二日コースの二タイプがあるが、本作ではそれよりも一泊多い、「四泊五日」のコースが設定されているので、読者は居ながらにしてたっぷりと「ななつ星」の旅を楽しめるはずである。ちなみに、作者は初刊本（カッパ・ノベルス）の「著者のことば」で、こう語っている。

〈「ななつ星」は、不思議な列車である。列車自体の豪華さが売りだが、JR九州だから、行き先は、九州に限定されている。旅行（列車）の本来の目的、いかに早く、目的地に行くかが限定されているにも拘わらず人気は更に高くなっているという。明らかに成熟社会の旅行（列車）のあり方を示していると見ていいだろう。そうなると、その列車を使った犯罪も、当然今までとは変わった成熟したものになるに違いない。〉

さて、では「ななつ星」を使った〈今までとは変わった成熟した〉犯罪とは、どのようなものなのであろうか。早速、西村京太郎版の「ななつ星」に乗り込んでみようではないか。

四月九日に福岡県の博多駅を出発する「ななつ星」にまず姿を見せたのは、病気の母親をどうしてもこの列車に乗せて故郷の鹿児島に連れて行ってやりたいと、柄にもなく殊勝な気持ちになった賀谷大三郎《がやだいざぶろう》である。とはいっても、「ななつ星」の予約がそう簡単に取れるものではない。そこで、賀谷は奥の手の悪知恵を働かせて乗車券を何とか手に入れることに成功する。

ところが、列車に乗って間もなくして、賀谷のもとに脅迫状が届く。〈お前のやったことはわかっている。サギ、強盗、誘拐、監禁、それに殺人未遂だ。十年の刑務所暮らしはかたいぞ。〉黙っていてやる代わりに、「ななつ星」の乗客である池田夫妻が常時持ち歩いている「手帳」を盗み出せというのだ。

その池田夫妻は東京の上野で骨董商を営んでいるが、どうも裏の顔をもっているようなのだ。盗み出せという「手帳」には、その裏の金儲けの秘密が記録されているらしい。車内での一泊ののち、列車は長崎に着いた。池田夫妻や賀谷の母たち乗客の大半がバスで長崎見物に出たが、賀谷は、列車に残って池田の部屋を探ることにした。ところが、部屋の鍵が開いていて、いとも簡単に侵入することができたのだが、もちろん「手帳」などあるはずがない。しかも、その様子を隠しカメラで撮られていたのだ。池田は「何も要求しませんよ」と言うのだが、賀谷大三郎は、どこか変だ、自分は罠に落ちて、この列車に乗り込む羽目になったのではないかと思い始めるようになった。最初からなにもかも仕組まれていたのではなかろうか。だが、大三郎を罠に嵌《は》めるとしたら、その目的はいったい何なのか。車内では事件らしいことは何も起こらずに、由布院に到着する。

この由布院では、少しだが事態に変化がみられた。バスで古い温泉場の散策に出かけた一行の一人、アメリカ人女性のシャリー・杉山・ケイコが姿を消してしまったのだ。彼女は次の駐日大使になることが決まっているのだが、今回はお忍びのプライベートな旅行ということで、一人で訪日してきたのだった。お守り役として、外務省の女性職員が一人同行しているだけだ。だが、心配も束の間、しばらくして姿を見せた。トイレを捜していて、迷子になっただけのようなのだが……。

何か事件が起きて、自分と母親をその犯人にでっち上げようとしているのではないか、と大三郎は考えていた。悪事には少々長《た》けている大三郎は、その時こそ勝負だと密かに思っているのだが、その期待に反して、何も起こらず、列車は宮崎、都城と停車し、鹿児島県の隼人駅に到着した。ここからバスで霧島《きりしま》に向かい、ツアー中一日だけ外のホテルに宿泊する予定となっていた。

さて、読者にとっては十津川警部がいつ登場してくるのかが気になるところだ。事件が起きなくては、登場しようもないが、仮に起きたとしても九州では警視庁の管轄外である。といって、十津川が超豪華列車の「ななつ星」に偶然乗り合わせているというのもリアリティを欠く。

そこで今回は、次期駐日アメリカ大使に正式決定した、シャリー・杉山・ケイコを、外務省北米局長の依頼で密かに警護するという役目が、十津川に与えられることになったのだ。十津川は早速宮崎へ飛び、レンタカーで「ななつ星」を追うことになる。さて、十津川が警護しなければならない、シャリー・杉山・ケイコだが、その名前からも分かるように日本人の血が混じっている。彼女の祖父、アーノルド・T・シャリーは、アメリカ陸軍の少将として終戦直後に来日していた。マッカーサーの副官として、GHQのGS部門の局長を務めていたが、その時、天皇のお召列車を接収した上に改修して、全国を廻る際の足として使っていたらしい。だが、その「アーノルド号」と命名された列車は、九州旅行中に消失してしまったのだという。そのアーノルドが、日本で妻としたのが華族の杉山子爵の元夫人美津であった。だから、シャリー・杉山・ケイコには、日本人である祖母の血が流れているということなのである。

今回彼女が来日したのは、単なる観光のためではなく、その祖父に絡む問題があるらしい。祖父は日本の天皇制に大きな関心をもっており、天皇制の象徴である「三種の神器」に執着していたようなのだ。三種の神器は、天照大神の孫であるニニギノミコトが天上の国・高天原から地上の国・葦原中津国に降り立つ際に、天照大神から授かったものだ。鏡（八咫鏡《やたのかがみ》）、剣（草薙剣《くさなぎのつるぎ》）、勾玉（八坂瓊勾玉《やさかにのまがたま》）の三つの神宝は、「これを私だと思って大切に扱い、祀りなさい」と授けられたという。これらは、歴代天皇が譲位とともに代々伝えられる、皇位継承者の証《あかし》となっている。現在は、伊勢神宮に八咫鏡が、熱田神宮には草薙剣がそれぞれ祀られており、勾玉だけが宮中に納められている。

「ななつ星」でのツアーも最終の日を迎えた朝、ついに事件が起きた。阿蘇駅に停車中の列車から、シャリー・杉山・ケイコの姿が消えてしまったのだ。今度は前回とは違って間違いなく失踪したと考えられた。誘拐事件なのか。とすると、誰がどのようにして彼女を連れ去ったのだろうか。そして、もう一人、男の乗客が旅の途中からいなくなっていたことが判明した。この男は、自ら〈キャンセル待ち一〇〇五番〉と名乗り、大三郎も怪しい人物と狙いをつけていたのだった。果して、キャリー・杉山・ケイコの失踪とかかわりがあるのだろうか。この男については、本書のタイトルにもなっているので、読者も注意を払っていたはずだ。だが、そこには作者の仕掛けたトリックも隠されているので要注意である。そのあたりのミステリー作りの手並みは、さすがに作者らしいと言うべきであろうか。

シャリー・杉山・ケイコの失踪、怪しい乗客たち、そして、「三種の神器」――これらはいかにして一本に収束するのであろうか。その背後には、作者が戦後七十年を機に、とくに力を入れて作品に反映させている戦中・戦後秘話が巧みに取り込まれているのである。そこが「ななつ星」の旅とともに、本書の読みどころでもあり、作者の真骨頂を発揮しているところでもある。十津川警部シリーズを、何作読んでも飽きることなく、新鮮味が感じられるのは、作者のそうした創作姿勢に拠るところが大きいのではあるまいか。そして、今年米寿を迎える作者の衰えを知らぬ創作力の源泉も、そのあたりにあるのではないかと、私は常々考えている。

ところで、本作の中で、十津川が〈いつか、妻の直子を、「ななつ星」に乗せてやりたいな〉と思うシーンがある。その思いは、本作（カッパ・ノベルス版）とほぼ同時期に刊行された『「ななつ星」極秘作戦』（文藝春秋）で叶うことになる。とはいっても警視庁副総監からの命令で、乗客を装うために直子を同伴することになるのではあるが。さらに九州の有名観光列車（「或る列車」「特急いさぶろう」「特急はやと」）を舞台に、亀井刑事の息子が誘拐された上に、亀井自身にも殺人容疑がかかってしまうのが、最新刊の『十津川警部　九州観光列車の罠』（集英社）だ。本書と併せて読めば、九州の鉄道の旅を存分に味わうことができるはずである。

※初出「小説宝石」二〇一四年五月号〜十一月号
※この作品はフィクションであり、実在の個人・団体・事件・地名などとはいっさい関係ありません。（編集部）

二〇一五年六月　カッパ・ノベルス（光文社）刊

光文社文庫

長編推理小説
「ななつ星《ぼし》」一〇〇《せん》五《ご》番《ばん》目《め》の乗客《じようきやく》
著　者　西《にし》村《むら》京《きよう》太《た》郎《ろう》

2018年5月20日　初版1刷発行
2022年10月30日　3刷発行

発行者　鈴　木　広　和
印　刷　萩　原　印　刷
製　本　ナショナル製本

発行所　株式会社　光　文　社
〒112-8011　東京都文京区音羽1-16-6
電話（03）5395-8149　編　集　部
8116　書籍販売部
8125　業　務　部

落丁本・乱丁本は業務部にご連絡くだされば、お取替えいたします。
ISBN978-4-334-77642-8　Printed in Japan

組版　萩原印刷